http://www.bbulmedia.com

BBULMEDIA

신조선책략

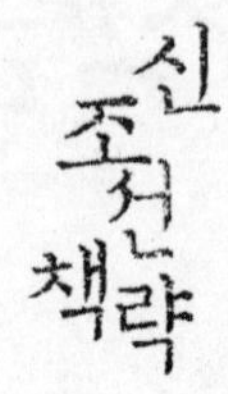

1판 1쇄 찍음 2014년 11월 5일
1판 1쇄 펴냄 2014년 11월 10일

지은이 | 이 혁
펴낸이 | 정 필
펴낸곳 | 도서출판 **뿔미디어**

편집장 | 이재권
기획 · 편집 | 윤영상

출판등록 | 2002년 9월 11일 (제1081-1-132호)
주소 | 경기도 부천시 원미구 상동로 117번길 49(상동) 503호 (우)420-861
전화 | 032)651-6513 / 팩스 032)651-6094
E-mail | bbulmedia@hanmail.net
홈페이지 | http:/bbulmedia.com

값 8,000원

ISBN 979-11-315-3671-1 04810
ISBN 979-11-315-3669-8 04810 (세트)

※파본은 구입하신 서점에서 교환하여 드립니다.

시대를 만드는가, 시대가 영웅을 만드는가.

이국땅에서 새로운 삶을 개척한 조선인 청년, 김유진.

조선에 어떤 미래를 가져올 것인가!

말, 격동하는 세계. 새로운 세상을 꿈꾸는 이들의 분투가 시작된다!

이혁 대체역사소설

뿔미디어

목차

6장

전율(戰慄)

삶은 고통이고, 삶은 공포입니다. 그래서 사람은 불행해지는 것입니다. 현재의 모든 것은 고통이며 공포입니다. 현재의 사람들은 고통과 공포를 사랑하기에 삶을 사랑하는 것입니다. 그리고 실제로 그래 왔고요. 현재의 삶이란 고통과 공포의 대가로 주어지는 것이며, 바로 거기에 모든 기만이 있는 것입니다. 현재의 인간은 진짜 인간이 아닙니다. 이제 자신만만하고 행복한 새로운 인간이 나타날 것입니다. 사는 것과, 살지 않는 것이 마찬가지인 인간, 즉 인신(人神)이 나타날 것입니다. 고통과 공포를 이겨 정복하는 사람은 누구든 그 스스로가 신이 될 것입니다. 그렇게 되면 현재의 신은 사라질 것입니다.

— 표도르 미하일로비치 도스토옙스키(Ф. М. Достоевский), 〈악령(Бесы)〉

* * *

1881년 3월 3일 저녁. 경찰에게 잡혀간 유진이 사흘 만에 황실 마차를 타고 오자 부세는 놀라 뒤집어질 지경이었다. 그 자신도 공안국의 조사를 받은 터라, 대체 유진이 무슨 짓을 저질렀는지 궁금하던 차였다. 더군다나 차르 암살 음모로 도시 분위기 자체가 흉흉하던 터였다.

"아니, 이게 대체 어떻게 된 거요? 도무지 무슨 일인지 영문을 모르겠소."

"설명하자면 엄청 긴데요, 어쩌다 보니 제가 폐하의 목숨을 구한 은인이 된 것 같습니다."

"그게 무슨 말이오?"

유진은 간략하게 요약해서 설명하고는, 놀라는 부세의 표정을 뒤로 하면서 자신의 방으로 올라갔다. 지난 며칠

간의 경험으로 진이 다 빠진 그는 너무나 피곤했다.

'내가 이 나라 차르의 목숨을 구한 은인이라고? 어디부터가 현실이고 꿈인지 이해가 안 돼.'

우연이라고 해도 엄청난 우연이었다.

전제군주국인 러시아의 차르는 백성들에게 있어 신이나 다름없는 신성불가침의 존재였다. 일개 백성, 그것도 외국 출신 백성인 유진이 차르의 생명의 은인이 된 셈이었다. 그것도 차르가 친히 접견하여 그에게 감사를 표하지 않았는가. 앞으로 입신출세는 따놓은 당상이요, 귀족반열에 오를지도 모를 일이었다. 너무나 갑작스럽게 다가온 행운에 정신도 못 차릴 지경인 유진은 침대에 눕자 그대로 잠이 들어 버렸다.

"외젠, 일어나 봐요, 외젠!"

'뭐야, 이젠 이 아가씨가 꿈에서까지 튀어나오나.'

익숙한 목소리에 잠이 깬 유진은, 이윽고 그것이 문 밖에서 들려오는 소리라는 것을 알고 정신이 들었다. 부스스한 차림을 대충 정리하고선, 문을 열었다.

"예카……."

문을 열기 무섭게, 예카테리나가 유진을 덥석 끌어안

았다. 오랜만에 느끼는 여성의 온기에 유진은 당황했다.

"걱정했잖아요, 이 바보야! 이렇게 돌아왔으면 나한테 연락이라도 줘야죠!"

'우리가 그렇게까지 특별한 사이였나? 내가 애인도 아닌데, 동서양인의 감정 표현이 다른 건가…….'

"미안해요, 너무 피곤했거든요. 그리고 카챠가 그렇게 걱정할 일이 아니었는데."

"황제 폐하에 대한 테러가 있은 직후에 외젠이 경찰에게 체포됐어요. 그리고 며칠이나 연락도 없고. 이랬는데 내가 어떻게 걱정을 안 할 수가 있겠어요? 꼭 테러 용의자로 몰려 체포된 것 같잖아요."

예카테리나의 깊은 눈시울이 조금 적신 걸 보고, 유진은 감동을 느꼈다.

'정말로 날 걱정한 거구나…….'

"정말로 별일 아니었어요. 봐요, 이렇게 멀쩡하잖아요."

키가 큰 유진이 예카테리나의 부드러운 머리카락을 토닥거리자, 그녀가 번쩍 고개를 쳐들었다.

"뭐가 별일이 아니에요? 외젠이 황제 폐하의 목숨을 구했잖아요. 대부님께 다 들었어요. 폐하께서 직접 외젠을 불러 치하하셨다면서요."

"뭐, 그렇기야 한데……."

유진이 지난 일을 설명하자, 예카테리나는 풍부한 표정으로 얼굴이 바뀌어 가며 놀라워하고 기뻐했다.

"카챠, 무슈 김과 인사 나눴으면 이제 돌아가야 하지 않겠느냐? 늦은 밤인데, 어머니께서 걱정하시겠구나."

"네, 알겠습니다. 저녁 늦게 찾아와서 죄송해요, 대부님."

아래층에 있던 부세가 걱정스러운 목소리로 외치자 예카테리나는 금방 수긍했다.

"외젠, 자는 거 깨워서 미안해요. 내가 너무 무례했죠?"

"아니에요. 날 걱정해 줘서 이렇게 와 준 거 다 알아요."

유진의 솔직한 대답에 예카테리나는 빙긋 웃었다.

"알아 줘서 고마워요. 그럼 다음에 다시 만나요, 외젠."

그녀는 가볍게 포옹하더니, 나는 듯한 발걸음으로 1층으로 내려갔다.

"아무래도 저 아이가 그대를 좋아하는 것 같소."

"네?"

예카테리나를 보낸 다음에, 부세가 조용한 어조로 말했다.

"아니, 보면 모르겠소? 세상에 어느 처녀가 좋아하지도 않는 남자 일에 이토록 걱정할 수가 있단 말이오?"

유진은 여태껏 조선의 남녀 관과 서양의 남녀 관이 달라서 이 정도는 친구 간의 일이라 생각하고 있었다.

"그…… 그렇군요."

"사람이 참 무심하기도 하지. 그대가 잡혀 간 후에, 저 아이가 얼마나 걱정했는지 모른다오. 지난 사흘간 매일 찾아와서 소식을 물었소."

"그랬었군요……."

그녀의 호의엔 정말로 기쁘면서도, 유진은 아직도 왜 그녀가 자신을 좋아하게 됐는지 이해가 되지 않았다.

'아름답고 매력적인, 거기에다가 귀족의 딸이 뭐가 아쉬워서, 어디서 뭘 하고 살았는지도 모를 정체도 모르는 이국의 남자를 좋아한다는 거지? 특이해서라기엔 이유가 안 될 것 같은데.'

"나이도 젊은데 여자 마음을 그리 몰라서야 어디 쓰겠소."

"조선의 법도는 남녀칠세부동석이라, 일곱 살 이후엔 서로 갈라져서 생활하기 때문에 여자의 마음을 잘 알 수가 없지요."

"아니, 그게 정말이오?"

부세가 깜짝 놀라서 되물었다. 유진이야 어렸을 적부터 러시아에서 살았다고는 하지만 어찌 되었건 보수적인 이성관을 가진 조선 출신이었고, 여성하고는 전혀 무관한 기숙학교에서만 유년기를 보냈기 때문에 여자 마음 모르기는 매한가지였다.

"조선 사람들은 그렇게 생각합니다."

"거 참 답답하구려. 남성과 여성이 서로 좋아함은 지극히 당연한 일인데. 에이, 나라도 그 아이의 편을 들어줘야지. 카챠더러 그대를 집으로 데려가라고 해야겠소. 이 집에서 추방이오."

"네?!"

유진이 황당해하자, 부세가 껄껄 웃었다.

"당연히 농담이오. 귀족 가문의 명예도 있는데, 미혼 남성을 여자들만 사는 집에 머물게 한다는 게 말이 됩니까."

'그럼 그렇지…….'

매일 그녀를 보면 즐거운 일이라 하겠지만, 이 시대의 평판이라는 것을 생각하면 있을 수 없는 일일 터였다.

*　　　*　　　*

유진이 집에 도착한 다음날부터 어떻게 소문이 돌았는지 유진을 초대하는 초대장이 부세의 집으로 쏟아지고 있었다.

모 대공부인, 모 공작, 모 백작 같은 명사들부터 시작해서 무슨무슨 신비회, 연구회, 결사회 등 정체도 모를 집단에서도 초대가 온 것이었다. 정체 모를 동양인이 차르의 목숨을 구했다는 소식에다가, 예전에 프르제발스키의 집에서 '예언'을 했다는 것이 이상하게 소문이 퍼져 동양의 신비인 것 마냥 포장된 모양이었다.

"이거 순 신비주의자, 은비주의자 집단들 아닌가. 마술 연구하고 세상의 진리를 밝힌다는 자칭 비밀 결사들이오."

부세는 학자답게 냉소적인 태도로 빈정거렸다.

"이렇게나 많습니까? 상트페테르부르크에만?"

"할일 없는 귀족들이 좀 많은 줄 아시오? 적당히 머

리까지 돌면 이런 데로 빠지는 거지.”

‘그렇게 할 일이 없나?’

“그래도 모 대공비 전하나, 모 공작 각하, 이런 분들은 대단한 명문 귀족들인데……. 초대에 응하지 그러시오?”

‘이 나라의 최고 권력자라는 물주를 구했는데, 구태여 뭐가 좋다고 그런 데를 가나? 가 봤자 어릿광대 노릇밖에 더 하겠어?’

냉소적인 기분이 드는 건 유진도 마찬가지였다. 귀찮기도 했거니와, 귀족들의 시시껄렁한 취미에 같이 장단을 맞춰 줄 생각은 없었던 것이다.

“아닙니다, 황제 폐하께서 저를 다시 찾으실 거라고 했는데, 저를 아무에게나 보이지 말라고 하셨습니다.”

물론 차르는 그런 말을 한 적이 없었지만 유진은 그를 팔아서 초대를 피할 생각이었다.

“아, 폐하의 명이라고요? 그럼 어쩔 수 없지.”

그런데 유진이 아예 초대에 응답하지 않자, 이젠 하인을 부세의 집으로 보내서 만나길 청하는 이들도 있었다. 한 명이 그러더니 이윽고 두 명, 세 명이 됐고 곧 장사진을 치게 되었다.

'내 인생에 이렇게 인기가 많은 날이 또 올까? 도대체 이미 높으신 분들이 무슨 영화를 더 누리겠다고 예언을 찾는 거야?'

유진은 창문 밖을 쳐다보며 냉소적으로 빈정거렸다. 요 며칠 동안 즐겨 찾던 카페조차 가지 못하고 2층의 자기 방에 틀어박혀 있었던 것이다.

"이거, 죄송합니다. 박사님께서 여러모로 불편하시겠군요."

"어휴, 난리도 아니오. 폐하의 명이라 해도 저렇게 요지부동이니."

개인 저택에서 저러고 있으면 여러모로 민폐였다.

"그럼 제가 해결책이 되겠군요."

"앗, 카챠! 어떻게 들어왔어?"

갑작스러운 예카테리나의 등장에 부세는 놀라고야 말았다.

"뒷문으로요. 앞에는 이상한 인간들이 진을 치고 있길래."

"어휴, 이 말괄량이 녀석……. 근데 해결책이란 건 무슨 소리냐?"

"저희 집에 남는 방 많은데 외젠에게 하나 내주면 되

지요. 모스크바로 간 오라버니 방을 내줘도 되고."

"아니, 그게 무슨 소리야! 결혼하지 않은 처녀 집에 외간남자를 들인다니, 말이 되니?"

예카테리나의 담담한 말에 부세가 화들짝 놀랐다. 아무리 유럽이라 할지라도 보수적인 남녀관이 지배하던 시대였고, 하물며 예의범절을 따지는 귀족들은 말할 것도 없었다.

"안 될 건 또 뭐예요? 쓸데없이 넓은 집에 남는 방 하나 빌려 주는 건데. 남자 있으면 든든하지 뭐."

"어림도 없는 소리 말거라. 어머니께서 허락하시겠니?"

"어머니께서는 언제나 고난에 빠진 사람들을 도와주셔야 한다고 하셨어요. 어머니 가르침을 따르는 거니까 당연히 되겠죠."

예카테리나는 어떤 논리로도 소용없다는 듯 자기 뜻을 굽히지 않았다.

"뭐해요, 외젠? 계속 저 사람들 등쌀 때문에 방 안에만 있을 거예요? 당장 짐 싸세요, 거들어 드릴 테니."

'이젠 놀랍지도 않아. 이 아가씬 언제나 상상초월이거든…….'

그래도 마음은 따뜻했다. 유진은 가볍게 웃으며 그녀의 뜻을 따르기로 했다.

예카테리나의 저택은 부세의 집에서 약간 거리가 떨어진 페테르부르크 교외에 있었다.

상트페테르부르크 제국대학 동양학부 교수였던 아버지 알렉세이 미하일로프스키 남작은 이미 별세한 지 2년이 지났고, 작위를 계승한 아들 예브게니 알렉세예비치는 장교로 임관하여 모스크바에서 복무 중이었다.

귀족이라고 해 봐야 영지를 가지고 있는 것이 아닌 만큼 3층 규모의 저택을 제외하면 재산이 풍족한 것은 아니었다. 그래서 집에는 어머니 마리아, 예카테리나, 여동생 안나에 하녀들 몇 명이 다였다. 집의 유일한 남자인 노(老)집사도 60대는 넘어 보였다.

갑자기 딸이 생면부지의 동양인 남자를 데리고 집에 오자 어머니는 당연히 경악했다. 놀라는 어머니에게 예카테리나는 '이분은 황제 폐하의 생명의 은인! 신민의 한 사람으로 그 은혜를 갚는 것은 당연한 도리!' 라고 하더니, 그간 있었던 일을 그녀 나름대로의 논리로 설명했다. 무안해진 유진은 고개를 꾸벅하고 인사했다.

"정말 죄송합니다, 남작 부인. 돌아가도록 하겠습니다."

"아니, 외젠!"

예카테리나가 당황한 듯 외쳤다.

"그래도 이렇게 경우 없이 신세를 질 수는……."

"후후…… 좋아요. 무슈 김이라고 했지요? 알겠습니다, 그대의 방문을 허락할게요."

아직 젊음이 남아 있는 남작 부인이 기품 있는 미소를 지으면서 말했다. 40대 초반의 그녀는 나이에 걸맞는 기품과 원숙한 미모를 가지고 있었다. 예카테리나의 미모가 어머니로부터 물려받은 것은 분명했다.

"어머니, 정말요?"

"그래요, 카챠. 처음엔 걱정 했었는데, 참 인상도 좋고 예의바른 청년이네요. 우리 집에 살더라도 아무한테도 손끝 하나 건드리지 않을 것 같아."

'칭찬이야, 욕이야…….'

"빈 방은 얼마든지 있으니까, 원할 때까지 쓰도록 하세요."

"호의에 정말 감사드립니다, 부인. 그럼 폐하께서 저를 부르실 때까지만 머무르도록 하겠습니다."

"폐하의 생명의 은인이란 말이 정말인가 보군요……."

남작 부인의 놀라워하는 모습에 유진은 민망해졌다.

"그렇긴 합니다만……."

"그럼요, 어머니! 그러니까 우리 집에 모시는 것도 미하일로프스키 가문의 명예랍니다!"

그리하여 유진은 난생 처음으로 여자의 집에 얹혀 살게 된 것이었다.

안내를 맡은 집사는 갑작스러운, 그것도 생면부지의 동양인 남자가 나타나자 경계심을 드러냈으나, 숙련된 고용인답게 주인의 뜻에 대해 토를 달진 않았다.

다만 그의 어딘가 따가운 시선을 느끼면서 유진은 부담스러웠으나, 뭐 아무려면 어쩌랴 하는 기분이었다.

유진이 초대에 응하지 않아서 그런 건지 저택이 상대적으로 한적한 외곽에 있어서 그런 건지는 모르겠지만 다행히도 그를 귀찮게 하던 귀족들의 초대 행렬도 없어졌다. 유진은 여자들이 사는 집의 유일한 외간남자인 자신이 오해받는 행동을 하지 않기 위해 처신을 극도로 조심히 해서, 식사시간과 차를 마시는 시간 정도를 제외하면 방에 틀어박혀 책이나 신문을 읽고 있었다. 그래도 며칠 머무는 사이에 유진은 예카테리나와 대화의 시간을 많이 가졌고 더욱 가까워졌다.

어느 날 차를 마시면서 예카테리나는 조선 사람인 유진이 어떤 계기로 러시아, 그것도 상트페테르부르크까지 와서 대학생이 됐는지 물어보았다. 과거사를 밝히기를 꺼려 하는 유진이었지만, 잠시 머뭇거리다가 자신의 파란만장했던 과거사에 대해 이야기 보따리를 풀었다. 그만큼 예카테리나는 신뢰할 만한 사람이 되었던 것이다.

"놀랍지 않아요?"

"네, 놀라워요. 완전히 다른 사회라 적응하기도 어려웠을 텐데. 유진은 정말 대단해요."

예카테리나의 솔직한 찬사에 유진은 멋쩍게 웃었다.

"러시아어, 독일어에 프랑스어까지. 공부하느라 안 어려웠어요?"

'그야 내가 이 망할 놈의 말들 배우려고 얼마나 피를 토하는 공부를 했는데. 이건 그나마 낫지, 김나지움에서 배우던 그리스어 생각하면 아직도 이가 갈린다.'

유진은 속으로 그런 말이 나왔지만 입 밖으로 내진 않고, 겸손하게 답했다.

"물론 어려웠죠. 처음 공부할 땐 힘들 정도가 아니었

어요. 아버지께 한학(漢學)을 배우긴 했지만, 러시아에선 전혀 쓸모없는 학문이고……. 언어도 익숙하지 않은데 완전히 새로운 공부까지 해야 되니까, 김나지움 처음 들어갔을 때는 따라잡기 어려워서 잠도 제대로 못 자면서 공부했어요."

"그 마음 잘 이해해요. 저도 처음 학교 들어갔을 때는 그랬는걸요. 원래 저도 러시아어가 모국어가 아니거든요. 나중에 배운 거지."

예카테리나는 러시아 최초의 여성 교육기관인 스몰니(Smol'niy) 여학원 출신이었다. 어린 귀족 여성만이 들어갈 수 있는 이 학원은 러시아에서 가장 교양 있는 여성들을 배출했다. 예카테리나의 폭넓은 교양과 지식은 상당 부분 스몰니에서 형성된 것이었다.

"모국어가 아니라뇨?"

"음, 외젠의 아버님께서 누명을 쓰고 어쩔 수 없이 러시아로 이주하셨다고 했잖아요. 그 심정 잘 알 것 같아요. 돌아가신 제 아버지께서도 반역죄로 시베리아에서 유형 생활을 하셨는걸요."

"네?"

오히려 유진이 그 말에 깜짝 놀라고 말았다.

"그동안 제가 성호 긋는 방향을 봤죠? 그래요, 저도 외젠처럼 가톨릭교도에요. 정교도가 대다수인 이 러시아에서 가톨릭교도란 곧 폴란드인과 동일한 의미이기도 하지요. 저희 부모님은 원래 폴란드 사람들이에요. 예카테리나 미하일로프스카야란 제 이름을 폴란드식으로 부르면 카타르지나 미하일로프스카(Katarzyna Michajłowska)가 되죠."

"아, 그렇군요."

"폴란드인들이 러시아 제국을 상대로 몇 번이나 독립 전쟁을 벌인 걸 알고 계시나요? 1863년 봉기는 특히 엄청났어요. 전 폴란드에서 봉기가 일어났고, 러시아에서 10만이 넘는 진압군을 보낼 정도였으니까. 그때 아버지도 독립 전쟁에 가담하셨다가 곧 체포되셨지요. 다행히 큰 벌은 받지 않아 시베리아 5년 유형을 선고받았어요. 그때 엄청 많은 폴란드 사람들이 죽거나 추방되었는데……. 아무튼 제가 그 직후에 태어났기 때문에, 전 오랫동안 아버지 없이 자랐답니다. 5살 때에 낯선 이가 집에 들어와서 놀라서 울고 말았는데, 어머니께서 그분이 아버지라는 것을 알려 주셨죠. 그때가 세상에 태어나 아버지를 처음 보게 된 거였어요."

"고생이 많으셨겠군요."

"네, 부모님이 고생이셨죠. 아버진 유형 생활을 하느라, 어머니는 재산을 몰수당하고 혼자서 자식들을 키우시느라……. 그래도 아버진 운이 좋은 편이었어요. 차르와 러시아에 대한 충성을 맹세한 덕에 사면도 받았고, 폴란드에 있는 영지는 몰수됐지만 작위는 돌려받았거든요. 뭐, 재산 없는 작위야 허울뿐이지만……. 그래도 러시아처럼 신분이 지배하는 나라에선 없는 것보단 낫잖아요?"

예카테리나는 어딘가 냉소적인 어투였다. 어딜 봐도 일반적인 귀족 여성과 다른 점이 많은 그녀의 독특한 성격은 폴란드인의 반골 성향을 물려받아서였다.

"아버지는 정말 잘 풀린 편이에요. 시베리아에 다녀온 이후 아버지는 동양 취미를 갖게 되셨죠. 유배된 곳이 중국 영토와 가까운 곳이었는데, 그곳의 만주인들과 친해진 덕에 그들의 언어와 습관에 대해 익숙해지셨나 봐요. 러시아인이 거의 알지 못하는 만주어를 배우고 연구한 덕에 페테르부르크 대학 동양학부 중국—만주학과에 특별히 채용된 거니까요. 청나라에선 외교 문서를 만주어로 쓴다면서요?"

"그렇다더군요."

"그러니까 외젠도 대학에 복학한다면 만주어를 배워 봐요. 외젠은 이미 조선어와 한문은 능통하니까, 만주어까지 잘하게 되면 러시아 최고의 동양 전문가가 될 수 있을걸요."

"어…… 그렇군요. 생각해 볼게요."

'어쩔 땐 조선어 교수, 어쩔 땐 외교관, 어쩔 땐 동양 전문가, 어쩔 땐 차르의 구원자. 참 다채로운 인생이 아닌가?'

유진은 쓴웃음을 지었다.

자신은 조선에 살겠다고 결심하고 돌아갔는데, 막상 러시아에 다시 오니까 이런 저런 제안은 계속 들어오는 것이었다. 무엇을 하든 앞으로의 인생이 심심하지는 않았지만, 유진은 자신이 목표한 바를 위해 달릴 생각이었다.

*　　　*　　　*

3월 15일. 유진은 정식으로 러시아 제국 황실이 주최하는 행사에 참석했다. 차르가 하사한 최상품의 연미복 차림의 유진은 단상 위에서 사람들의 시선을 받으면서 쓸데없이 장엄하고 지루한 황실 행사를 지켜봐야 했다. 그날의 주빈(主賓)은 일개 백성이었던 유진이었던 것이다.

신이여, 차르를 보호하소서!
강인하고 강대한 왕이여,
우리의 영광 위에 군림하소서.
신이여, 차르를 보호하소서!
강인하고 강대한 왕이여,
우리의 영광 위에 군림하소서!

차르를 찬미하는 러시아 제국 국가가 울려 퍼진 뒤, 차르를 대신하여 상훈국(賞勳局) 관리가 감히 차르를 향한 불측한 음모를 저지했던 공로자들에 대한 치하의 문건을 낭독했다. 유진뿐만 아니라 현장에서 차르를 도왔던 근위대원, 경찰 등이 포상의 대상이었다. 모두 제복을 입은 공무원들이었고, 민간인은 유진뿐이었다.

"하느님의 가호를 받으신, 러시아의 황제 폐하께 충성

을 바친 공로로 …… 시민 유리 알렉산드로비치 김에게 ……성 블라디미르 훈장 4등을 수여한다.”

붉은 십자가 모양의 성 블라디미르 훈장(Орден Святого Владимира)은 수여받는 이들에게 굉장히 영광스러운 것이었다. 비록 4등급이라고는 해도 러시아 제국의 복잡한 훈장 체계에서 다른 훈장들보다 서열이 높았던 것이다.

유진의 차례가 되자, 차르는 친히 흑적색 리본이 달린 훈장을 유진의 왼쪽 가슴에 걸어 주었다.

“짐은 그대의 충성을 치하하노라.”

유진은 깊이 고개를 숙이며 정해진 말로 응답했다.

“하느님의 가호를 받으신 신성한 러시아와 폐하를 위하여 영원히 충성을 다하겠나이다.”

참으로 장엄하고 빛나는 순간이었지만, 유진은 자랑스럽다기보다는 이 모든 것이 우습게 느껴졌다.

작년까지만 해도 유진은 제정(帝政)과 차르를 압제자로 생각하던 급진파 대학생이었던 것이다. 그랬던 그가 지금은 ‘충성’의 대가로 차르가 친히 수여하는 훈장을 받게 되니 아이러니하지 않을 수가 없었던 것이다.

훈장을 받은 모든 이들이 특별 진급을 하였다. 유일한

민간인인 유진은 진급의 대상이 아니었지만, 차르는 그에 대해서도 특별히 은혜를 베풀었다.

"관등이 없는 자가 칙령으로 특별히 채용될 수 있는 게 몇 등급까지요?"

"7등관이옵니다, 폐하."

"그렇군. 짐은 그대를 특별히 8등관으로 채용하고자 하는데, 어떤가? 짐과 러시아 제국을 위해 일해 보겠는가?"

그 말에 유진보다 주변 대신과 귀족들이 깜짝 놀랐다.

철저한 관료제 사회인 러시아 제국에서 '관등'은 신분을 규정하는 중요한 도구였다.

18세기 초 표트르 대제가 규정한 14관등 제도는 러시아를 귀족제 국가에서 관료제 국가로 바꾼 조치였다. 농노들의 '해방자'로 유명한 차르 알렉산드르 2세는 귀족 중심의 관료제에도 손질을 가해서 능력 위주로 진급할 수 있도록 제도를 바꾸었다.

이제는 농노 출신이더라도 관등의 사다리에 올라가 8등관 이상이 되면 귀족의 반열에 오를 수 있는 것이었다. 작가 니콜라이 고골이 관등에 목을 매고 사는 러시아 관료들을 비웃는 소설들을 집필할 정도로 그만큼 관등은 출세를 지망하는 이들에게 처음이자 끝이었다.

"폐하! 8등관은 처음 관료로 채용된 이들이 원칙적으로 최소 10년 이상 근무를 해야 진급이 가능한 자리입니다. 관등이 없는 이를 특별히 7등관이나 8등관으로 채용하는 것은 어디까지나 박사급 민간 전문가들을 직급에 맞춰 채용할 경우이옵니다만……."

내무대신이 조심스럽게 이의를 제기했다. '8등관'은 고위직은 아니었지만 군인으로 치면 육군 소령 또는 근위대 대위에 해당되는 직위였고, 관료로도 중급이었다. 무엇보다 그 관등부터는 세습귀족의 권리가 있었다.

"이 젊은이는 모두가 당황하고 있을 때 분연히 떨쳐 일어나 반역자를 제압하고 짐의 목숨을 구했소. 짐이 그에게 이 정도 특혜도 베풀 수 없단 말인가?"

"하오나, 제국의 법도란 것이……."

"짐은 할 수만 있다면 작위라도 주고 싶네. 전국에 수천 명이나 되는 8등관에 한 사람 정도 추가하는 게 뭐가 더 어려운 일이란 말인가."

"폐하, 황공하오나, 그렇게 되면 선례를 만들게 되는데, 관등제도의 근간이……."

"선례! 아주 좋은 말이군. 이 젊은이가 동양인이라서

그러는 거요? 표트르 대제께서는 아프리카 출신 흑인 간니발도 장군으로 만드셨는데, 그것이야말로 좋은 선례가 아니오. 제국에는 수많은 비 러시아인 신민이 있는데 그들에게 이 젊은이는 좋은 모범이 될 것이오. 일개 백성, 그것도 외국 출신 백성이라 할지라도 제국에 충성을 바치면 얼마든지 귀족 반열에 오를 수 있다는 걸 보여 주는 것이 아닌가. 안 그렇소?"

차르의 말처럼 선례는 있었다. 아브람 페트로비치 간니발(А. П. Г а н н и б а л)은 원래 에티오피아 출신 흑인으로, 표트르 1세에게 선물로 바쳐진 시동이었다.

그 당시 유럽의 궁정에서는 말할 것도 없이 흑인은 야만스럽고 문명화되지 않았다는 당시 생각이 만연했으나, 계몽군주였던 표트르 1세는 피부의 색깔이나 신분이 아닌 그 능력으로 인정받아야 한다는 것을 귀족들에게 보여 주기 위해 이 흑인 소년을 프랑스로 유학 보내 최상의 교육을 받게 하였다. 그는 능력과 충성으로 차르의 은혜에 보답했고, 그 지위가 육군 소장과 에스토니아 총독에까지 이르렀다. 러시아의 국민시인 푸시킨은 이 간니발의 외증손자였다.

권위의 상징인 차르의 말에 감히 더 이상 이의를 제기하는 이는 없었다. 보수적인 대신들은 얼굴에 불만이 어렸지만 감히 내색은 하지 못했다.

"어떤가, 그대는 받아들이겠는가?"

유진은 자신에 대한 특혜를 두고 벌어진 차르와 대신의 논쟁을 멍하니 쳐다보았다. 특별히 관직에 대한 욕망이 있는 것도 아니었고, 귀족이 되고 싶은 마음은 더더욱 없었다. 유진은 예전부터 신분제를 경멸해 왔고, 조선의 양반이나 러시아의 귀족 같은 것은 사회의 기생충 정도로만 생각했던 터였다.

그러나 유진은 자신에게 주어진 기회를 거절할 생각이 없었다. 관등이 주어지면 그에 걸맞는 책임과 권력도 부여된다는 것이었다. 8등관이라면 자신이 구상하는 극동의 고려인 이주민에 대해 권한을 가질 수 있는 위치에 오를 수도 있었다.

"성은에 감읍할 따름이옵니다. 삼가 명을 받드나이다."

"관등을 받으면 마땅히 제국을 위해 봉사해야지. 그래, 어디서 근무하고 싶은가? 지난번에 보여 준 그대의 식견이라면 외무부가 적당하지 않을까 싶군. 외무부 아시아국은 어떤가? 앞으로 우리 제국과 동양 각국의 관계는 더욱 긴밀해질 터이니, 동양 전문가는 많으면 많을수록 좋겠지."

유진은 훈장 수여와 관등 부여뿐만 아니라 다시 한 번 개인적으로 차르를 알현하는 영예를 누리게 되었다.

"학위도 없고, 정식으로 외교관 시험을 보지 않은 제가 그럴 자격이 있을련지요."

차르는 이 욕심 없고 겸손한 동양인 청년이 마음에 들었다. 오만하고 으스대는 러시아 귀족 청년들과 달리 훌륭한 지성을 가지면서도 그것을 겸손으로 포장할 줄 알았다.

더욱이 이 청년은 선전으로의 가치도 있었다. 비록 평민, 그것도 외국 이주민 출신이지만 러시아에서 고등교육을 받고, 그 은혜를 보답하고자 차르를 위해 목숨 바쳐 충성을 바쳤다는 것은 좋은 그림이었다.

전제국가인 러시아에서 차르의 목숨을 구한 것만큼 큰 충성은 없었다. '표트르 대제의 흑인' 간니발만큼이나 자신의 치세를 빛낼 수 있는 특이한 상징이 될 수 있었던 것이다.

"이미 짐이 그대에게 관등을 친히 부여했네. 안 될 것은 없지. 뭐, 그대가 원한다면 다른 부서도 상관없네만."

"아뢰옵기 황공하오나……."

유진은 차르가 무엇을 생각하든, 조심스럽게 말문을 열었다.

"말해 보게."

"저는 극동에서 근무하고 싶습니다. 지난번에 말씀드린 바와 같이, 그곳에는 제 동포들이 다수 거주합니다. 그들의 폐하의 성은을 받아 예전보다는 행복한 삶을 영위하고 있사오나, 그래도 여전히 그들의 사정은 이곳과 비교하면 매우 열악합니다. 그들을 위해서 일하고 싶습니다."

"뭔가 착각하는 것 아닌가? 물론 그대들의 동포도 소중하겠지만, 러시아의 관료는 제국 전체와 짐을 위해서 일해야 하는 것이다."

차르의 말에 유진은 아차 싶었지만 더욱 더 겸손한 어조로 말했다.

"송구하옵니다. 하나 이는 또한 폐하와 러시아를 위한 일입니다. 극동의 인구는 희박하고 경비는 취약한데, 1

만이 넘는 그들을 농업에 종사시키고 무장시키면 극동의 토지는 윤택해지고 방위는 튼튼해질 것입니다. 이는 새로 얻은 영토를 안정시키기 위한 가장 좋은 방책이 아니겠사옵니까."

러시아의 취약한 극동 방위는 크림전쟁 시기 영국—프랑스 연합군이 사할린과 캄차카를 공격했는데도 속수무책이었고, 1867년 알래스카를 미국에 헐값으로 판매하는 것으로 이어졌다. 청으로부터 할양 받은 지 20년이 지나도 여전히 러시아령 극동의 인구는 희박했다.

"변방에서 근무하는 이들은 이 상트페테르부르크로 오지 못해 안달을 하는데 그대는 오히려 극동의 변경으로 떠나고 싶다 하니 이상한 일이로군. 그렇게 그대의 동포가 소중한가?"

"저는 운이 좋아 고등교육까지 받을 수 있었고, 또 이렇게 폐하의 각별하신 은혜를 입을 수 있었지만, 제 동포 대부분은 그럴 기회조차 누리지 못합니다. 아이들을 교육시켜 새 시대에 걸맞는 인재들로 키운다면 앞으로 제2, 제3의 간니발과 같은 사람이 나오지 않겠습니까."

대학 시절 러시아 인민주의의 세례를 받은 유진은 일찌감치 '브 나로드(민중 속으로)' 운동에 뛰어들기로 결심한 터였다.

러시아 지식인들이 러시아 농민들을 생각했다면 그가 생각하는 것은 역시 고향의 동포들이었다.

그는 운 좋게 자신만 좋은 양부모를 만나 출세할 기회를 얻게 된 것에 지식인 특유의 죄책감을 가지고 있었다. 분명 동포들 중에는 교육만 제대로 받으면 자신과 같은 기회를 얻게 될 재능 있는 이들이 있을 터였다.

유진은 차르가 소원을 말하라고 한 시점부터 동포들을 위해 일하고 싶다고 말할 생각이었다. 그리고 연해주를 발판 삼아 조선으로 개혁해 나갈 수 있을지 몰랐다.

"그대가 나이는 어리지만 식견은 뛰어나고 인품도 훌륭하군. 가히 제국 신민의 귀감이라 할 만하다. 좋다, 그대의 뜻이 정 그렇다면 받아들이도록 하지."

"성은에 감읍하옵니다."

"하나 일단 그대의 소속은 외무부 아시아국으로 하겠네. 저번에 말했다시피 곧 조선과 수교할지도 모르고, 조선 출신에 조선어를 할 줄 아는 그대의 재주는 매우 유용하리라 생각하네. 외무차관과 협의하도록 하지."

"폐하의 명을 따르겠습니다."

유진은 고개를 숙이며 사의를 표했다.

"그래, 뭐 그 외에 소원은 없나? 개인적인 소원 말이네."

"지금까지 폐하께서 내려주신 은혜만으로도 충분히 만족합니다."

8등관 임명에, 블라디미르 훈장에, 소원대로 극동 파견까지 해 준다 하니 유진 입장에선 더 바랄 게 없었다.

"정말 욕심이 없군. 그대의 개인적인 성격인가, 동양인 특유의 겸손인가?"

'그럼 내가 작위나 영지, 재산을 달라고 할 수는 없는 노릇 아닌가…….'

"정말 개인적인 소원이 없나? 이번이 아니면 기회가 없을지도 모르네."

유진은 거듭되는 차르의 권유에 잠시 생각을 하다가, 문득 생각이 미치는 것이 있어 조심스럽게 말문을 열었다.

"폐하, 아뢰옵기 황공하오나……."

"그래, 생각해 둔 바가 있나?"

"황공하오나 폐하를 위해하려 한 반역자들은 어찌 되는지요? 사형은 피할 수 없는 것이옵니까?"

너무나 갑작스러운 말에 차르와 주변 황족들의 얼굴이

굳어졌다.

그들은 유진의 입에서 일반적인 소원에 대한 이야기가 나올 줄 알았지, 반역자들의 처우에 대한 질문이 나올 줄은 몰랐던 것이다.

차르에 대한 테러가 미수로 끝난 후, 내무부 공안국과 경찰들은 권력에 대한 테러를 뿌리 뽑을 목적으로 '인민의 의지' 단원들을 모조리 체포했고, 신속하게 재판이 진행 중이었다.

"감히 폐하의 목숨을 노리고 제국을 뒤흔들려고 한 반역자들이다. 국가반역죄와 황실위해죄에 모두 해당되니 사형으로 일벌백계함은 지극히 당연한 일이다."

황태자 알렉산드르 대공이 고집스러워 보이는 외모만큼이나 둔탁한 어조로 말했다.

그는 생명의 은인이라 하나 감히 차르에게 꼬박꼬박 자기 의견을 밝히는 유진이 마음에 들지 않았다.

"황태자 전하, 지당하신 말씀이십니다. 하나 그들도 본래 폐하의 선량한 백성들이었고, 모두 고등교육을 받은 젊은 지식인이라 들었습니다. 잠시 잘못된 길로 빠져 그런 극단적인 선택을 하였다 하나, 그들을 교화시켜 바른 길로 인도하는 것이 왕화(王化)의 덕업(德業)이 아닐

련지요…….”

유진의 지극히 동양적인 군주관(觀)에 차르와 황족들은 황당했다.

대신도 감히 차르에게 이런 말을 하진 못할 텐데, 일개 백성이 조심스럽다고는 하나 차르에게 이토록 자기 의견을 내는 것에 위화감까지 들 정도였다.

“조선에서는 반역죄를 사형이 아니라 가볍게 처분하나?”

“그건 아닙니다. 러시아보다 더 엄중히 처벌합니다. 하나 교화는 군왕의 덕입니다.”

“그자들은 교화가 될 수 있는 자들이 아니다. 뼛속 깊이 반역자요 범죄자들이지. 그들은 일이 이 지경이 되고도 자신들의 범죄가 정당하다고 주장하고 있다.”

“제가 한번 설득해 보겠습니다. 저도 그들 또래이고 비슷한 환경에서 교육을 받은 만큼, 이야기가 통할 수 있으리라 생각합니다.”

유진은 체포된 이들이 고등교육을 받은 젊은 지식인이라는 것을 알고 안타까웠다.

비록 지향점은 다르다고는 하나 세상의 변혁을 꿈꾸던 이들이었고, 이대로 죽기에는 그 젊음이 아까웠다.

무를 정도로 사람 좋은 유진은 자신이 그들의 시도를 실패하게 만든 것에 대해 약간의 책임감을 느꼈던 것이다. 그 책임감이 자신의 청이 차르에게 불쾌하리라는 것을 짐작하면서도 입을 열게 만든 것이었다.

"폐하, 이 동양인의 방자함을 언제까지 지켜만 보실 겁니까? 폐하 앞에서 감히 반역자를 옹호하는 것은 처음 봅니다!"

황태자가 빠르고 낮은 어조로 차르에게 말했다.

"짐도 이런 유형의 인간은 처음 본다마는……. 당돌하긴 하군. 그런데 이 동양인은 동서양의 미덕을 모두 갖춘 것 같지 않으냐? 짐에게 동양적인 덕치를 기대한다니, 정말 재미있는 일이 아니냐. 러시아에 복속된 투르크와 몽골 유목민들은 짐을 그들의 방식대로 칸이라 부른다지? 그럼 극동의 새로운 신민들에게 짐은 천자가 될 수도 있는 것 아니냐. 반역자들이 정말 '교화'가 된다면 짐이 관용을 베푸는 것도 모양새가 나쁘진 않을 것이다. 선제 니콜라이 폐하께서도 반역자인 데카브리스트들을 살려 주지 않으셨더냐? 그리고 나는 저자가 반역자를 만나서 무슨 이야기를 할지도 궁금하다."

"폐하!"

황태자의 반대를 뒤로 하고, 차르는 유진에게로 돌아섰다.

"그대의 뜻이 그렇다면 짐이 특별히 허락하겠다. 법무대신에게 명해서 자리를 마련해 보도록 하지."

"폐하의 은혜에 거듭 감사드립니다."

유진은 다시 한 번 고개를 숙였다.

*　　　*　　　*

"일어나라! 면회다."

페트로파블로스크 요새에 갇힌 정치범 이그나치 그리네비츠키(Ignacy Hryniewiecki)는 갑작스러운 면회에 어리둥절하며 자리에서 일어났다.

가족들이 여기까지 왔을 리는 없고, 동지가 면회를 오진 못했을 것이었다.

면회소에 들어가자 양복 차림의 동양인 한 명과 제복 차림의 러시아인이 한 명 있었다. 이상한 조합이라고 생각되던 차에, 그리네비츠키는 동양인의 모습에서 떠오르는 게 있었다.

"네놈은……!"

그 동양인은 2주 전, 차르에게 폭탄의 일격을 먹이려던 순간 갑자기 달려들어 거사를 좌절시켰던 바로 그 동양인이었던 것이다!

"З д р а в с т в у й т е. Sprechen Sie zufalligerweise Deutsch(안녕하십니까. 혹시 독일어 할 줄 압니까)?"

러시아어에서 독일어로 갑작스럽게 언어가 바뀌자 제복 차림의 사내는 당혹스러운 표정이었다.

예상대로 그는 독일어가 익숙하지 않아 보였다. 유진이 일부러 언어를 바꾼 이유였다. 감시자가 일일이 대화에 간섭하거나 개입하는 것을 막기 위해서였다.

"Ein wenig(어느 정도는)."

"Sehr gut, dann unterhalten wir uns doch auf Deutsch weiter(좋습니다, 그럼 앞으론 독일어로 하죠)."

유진은 담배를 권했다. 정치범은 순순히 담배를 받아들이고, 유진이 불까지 붙여 주자 오랜만에 느끼는 담배의 맛을 즐겼다.

"경찰이었나? 동양인이 비밀경찰이라는 것은 처음 알았는데."

"그건 아닙니다. 얼마 전까지 당신과 비슷한 처지의 대학 휴학생이었습니다."

유진은 그의 신상에 대해 간략히 전해 들었다. 25세의 폴란드 귀족 출신으로, 페테르부르크 대학 수학과 학생이던 시절 '인민의 의지'에 합류했다. 그는 차르에게 두 번째 폭탄을 날리려다 미수로 끝나고 체포된 터였다.

"그래? 그럼 압제자를 구한 공로로 경찰에 특채되기라도 한 건가? 축하할 만한 일이군."

그리네비츠키는 한껏 빈정거리는 어조로 말했다.

"그것도 아닙니다. 뭐, 제 의지와 무관하게 8등관에 특채되긴 했지만요."

"장하군! 러시아의 혁명을 막은 대가로 8등관이라니, 너무 저렴한 대우 아닌가? 네놈, 바로 네놈 때문에 러시아의 혁명은 한 세대는 늦춰진 거야!"

그는 진심으로 차르의 죽음이 러시아의 혁명과 폴란드의 독립을 촉진시킬 것이라 믿었다. 그런데 저 가증스러운 동양인이 모든 걸 망쳤다는 생각이 들자 분노가 폭발한 것이다.

"지나친 과대평가 아닙니까?"

"뭐?"

"당신, 나, 차르, 그리고 러시아인 모두를 과대평가하는 것 아니냐는 말입니다."

"무슨 말이냐, 그게?"

"내가 당신을 막아서 일어날 혁명이 안 일어났다고 생각합니까? 반대로, 당신이 차르를 죽였다고 해서 일어나지 않을 혁명이 일어나리라 생각합니까?"

"해방자의 가면 뒤에 가증스러운 독재를 펼치고 있는 압제자 차르를 죽이면, 자연히 인민은 그의 실상을 깨닫고 혁명의 길을 걷게 될 터였다."

너무나 당연하다는 듯이 당당하게 말하는 차르 암살 미수범을 보면서 유진은 한숨이 나왔다.

"천만에요, 그건 당신들의 머릿속에서나 있는 일이죠. 당신들의 시도에 대한 사람들의 반응이 어떤지 아십니까? 차르의 충실한 신민인 그들은 교회로 몰려가 해방자 차르께서 무사하심을 감사하는 기도를 드렸다고 합니다."

"닥쳐라! 그런 식으로 나를 조롱하러 온 거라면 이쯤해 두지 그래. 어차피 죽음은 각오한 바이니까. 죽는 마당에 전제 권력에 기생해서 출세나 하려는 네놈의 조롱 따위 듣고 싶지 않다."

“그럴 리가 있겠습니까. 나는 그렇게 한가한 사람이 아닙니다. 당신에게 면회를 요청하려고 꽤 위험한 곳에까지 했는데.”

“그럼 대체 무슨 목적으로 나를 찾아온 거냐? 용건부터 말해라.”

“당신들의 생각을 확인해 보고 싶어서였습니다. 나도 대학을 다니면서 당신들이 주장하는 바를 읽은 바 있습니다. 정말, 차르 한 사람만 죽이면 혁명이 가능하리라 믿었던 겁니까? 테러가 성공하면 민중이 혁명의 깃발 아래 로마노프 왕조를 타도했으리라 생각합니까?”

“물론 차르 한 사람의 죽음만으로 당장 혁명이 일어나지 않겠지. 그러나 전제권력의 정점에 있는 차르를 죽여 그 추악한 실상을 낱낱이 공개하면, 민중은 자연히 허상에서 깨어나게 될 것이고 혁명의 대열에 합류할 것이다. 그걸 막은 게 바로 네놈이고.”

“여전히 과대평가를 하는군요. 제가 아는 한 몇몇이서 군주를 죽인다고 혁명은 일어나지 않습니다. 그렇다면 가짜 드미트리가 보리스 고두노프를 죽인 것도 혁명이라고 할 수 있겠군요. 그것보다는 차라리 푸가초프나 스텐카 라진이 더 혁명에 가깝지 않겠습니까? 차르를 참칭

(僭稱)했다고는 하지만 그들은 민중의 지지를 받았으니까. 프랑스 대혁명의 사례를 봐도, 혁명의 결과로 루이 왕의 목이 잘린 거지, 왕의 목이 잘려서 혁명이 일어난 게 아닙니다."

가짜 드미트리는 17세기 초 '폭군' 이반 4세의 아들 드미트리를 자처해서 황위를 찬탈하려다 결국 실패해서 처형된 사기꾼이고, 푸가초프와 스텐카 라진은 18세기 러시아를 뒤흔든 농민 반란을 이끈 봉기 지도자들이었다.

"혁명이라는 것은 네놈처럼 주둥이만 나불거린다고 일어나는 것이 아니다. 민중의 의지, 인민의 의지로 일어나는 것이 혁명이다."

"말씀 잘하셨습니다. 당신들은 '인민의 의지'를 자처하는데, 도대체 어느 인민이 당신들에게 그런 대표성을 주었습니까? 인민이 테러를 원하던가요? 혁명은요? 누가 인민의 의지를 대리합니까?"

유진의 거듭된 힐난에 그리네비츠키는 짜증스러운 어조로 답했다.

"궤변이나 늘어놓을 거면 그만 꺼져라. 우리는, 우리 목숨을 바쳐 혁명을 이루려 했다. 네놈에게 그런 말을

들을 이유가 없다."

"유감이군요. 난 당신들이 무언가 대안이 있으리라 판단해서 그런 무모한 시도를 했으리라 생각했는데…….

그저 스스로의 목숨을 날렸을 뿐이니. 차라리 '브 나로드' 의 자세를 견지했어야지. 테러보다는 계몽이 더 값어치 있는 일이죠. 아무리 시간이 오래 걸린다 할지라도. 아래에서 위로 민주주의를 만들지 못하고, 위에서 아래로 던져 주는 혁명이 대체 무슨 의미가 있소?"

"……."

교육받은 인텔리겐치아들, 유진이나 이들의 공통적인 지향점은 모두가 평등한 민주공화국이었다. 그러나 민중이 그것을 원하는가? 유진이 지금 조선의 백성들에게, '이제 여러분이 조선의 주인입니다. 전제 군주를 타도하고 민주공화국을 만듭시다!' 고 외치면 누가 공감해 줄 터인가? 백성들은 경악하며, '임금도 모르는' 이 역적 놈을 당장 쳐 죽이려 들 것이다. 민주주의도, 공화국도, 민중이 끊임없이 배우고 조직하고 시도한 끝에 만들어지는 것이다.

혁명은 결코 급진적인 지식인 몇 사람의 의지로 만들어지는 것이 아니었다. 민주주의는 아래에서 위로 만들어져야 하는 것이지, 위에서 아래로 던져 주는 것이 아니었다.

“나는 그릇이 작아서 이 거대한 러시아에 혁명을 일으킬 엄두도 내지 못합니다. 다만 내 고향, 내 동포들이 사는 곳에서 새 세상을 열어 보려 합니다. 계몽과 개혁을 통해서 말이지요. 10년이 걸릴지, 30년이 걸릴지 아직 짐작도 안 되지만. 누구의 방식이 옳은지, 훗날 역사가 판단해 줄 겁니다.”

유진은 처음으로 자신의 야망을 입 밖으로 드러낸 것이었다. 그는 연해주를 기반으로, 조선에까지 이상적인 사회를 만들고 싶었다.

“역설적이지만, 당신 덕에 내가 행운을 잡게 되었으니 감사할 수밖에 없군요. 그 답례로 어떻게든 당신들을 구제하고 싶긴 합니다만, 유감스럽게도 그건 내가 할 수 없는 영역의 일인 것 같습니다.”

“이미 죽음은 각오한 바다. 네 이상은 훌륭한데, 그 수단으로 전제 권력에 기생하는 방법을 택한다니 안타까울 따름이야. 네가 조금이라도 그들의 권력을 침해하려 든다면 바로 너의 목을 자르려 들걸. 혹시 18세기의 독일인 의사 요한 슈트루엔제(Johan Struensee)라고 아나? 덴마크 국왕과의 친분을 이용해 덴마크를 개혁해 보려 했지만 결과는 귀족들의 반발로 처형됐지. 그런 방식으로 어떻게 계몽과 개혁을 하겠다는 건지, 나로서는 알 길이 없군."

"두고 봅시다. 저세상이란 것이 존재한다면 그곳에서 지켜보도록 하시길."

유진은 후회를 모르는 외골수 혁명가의 강렬한 시선을 받으면서 천천히 자리에서 일어났다.

* * *

유진은 저격범과의 회동이 영 뒷맛이 씁쓸했다.

세상의 변혁이라는 목적에선 일치할지 몰라도 수단과 방법에서 완전한 평행선만 확인했을 뿐이었다. 감시자도 있는데 쓸데없이 말을 너무 많이 했다는 생각이 들었지만, 다행히 별일은 없었다.

아직 정식으로 임관하진 않았지만 제국의 공로자, 성 블라디미르 훈장 수여자, 8등 문관, 세습귀족의 반열에 오른 유진은 자연히 사교계의 화젯거리였다. 한동안 뜸했던 초대장은 훈장수여식 이후 다시 쏟아져 들어오고 있었다.

미하일로프스키 가에 폐가 되는 것 같아 시내의 호텔로 숙소를 옮기려 했지만, 예카테리나의 만류로 어영부영 눌러앉아 있었다.

8등관이 되면서 귀족 사회의 끄트머리에 합류하게 되었지만 귀족의 사교에 대해서는 아는 바가 없고, 또 쓸데없이 허세와 사치나 부리는 상류층의 사교장에 구태여 나가고 싶은 마음이 없었던 유진은 모두 정중하게 거절하고 있었으나, 차르의 셋째 아들 블라디미르 알렉산드로비치(Владимир Александрович) 대공의 초청은 도저히 거절 할 수가 없었다.

단순한 사교장이 아니라 무도회를 겸하는 자리였기 때문에 파트너를 동반하는 것이 법도였다. 당연히 유진의 파트너는 예카테리나가 되었다.

"세상에 참 별일도 다 있어. 당신 덕에 황실 무도회에 다 가 보네요."

예카테리나도 남작가의 영애(令愛)였지만 영락한 폴란드 귀족이었고, 귀족가의 무도회에는 가 봤으나 황실 무도회 같은 것은 상상도 못해 보는 것은 매한가지였다.

무도회 날 저녁, 마차를 타고 블라디미르 대공의 저택

에 도착하니, 말이 저택이지 궁전 수준이었다. 어마어마한 규모의 대저택에 겨울궁전—황궁— 구경을 해 본 유진도 입이 딱 벌어질 수준이었다.

화려하게 장식된 마차를 타고 오는 이들도 무슨무슨 공작, 백작, 대신, 장군, 이런 이들이었다.

일부러 좋은 연미복에 블라디미르 훈장까지 달고 왔지만, 넘쳐 나는 제복과 훈장의 바다 속에서 유진은 초라하게 보일 지경이었다. 사실 일개 8등 문관 신분으로는 감히 생각지도 못할 황족의 초대였다.

저택으로 들어가기 전 다른 사람들에게처럼 초청장과 명함을 요구하는 집사 앞에서 예카테리나는 어머니에게서 받은 '미하일로프스키 여남작' 이라는 명함을 내밀었지만, 유진은 멍하니 서 있을 뿐이었다.

'난 얼마 전까지 그냥 대학생이었을 뿐이었는데 명함 같은 게 어디 있겠나?'

제복 차림의 집사는 미심쩍은 눈으로 유진을 쳐다보았지만, 마침 지나가던 근위대 장교 하나가 유진을 알아보고 집사에게 말해 통과시켰다.

"이분은 동양에서 온 러시아 제국의 구원자가 아니신가. 알아서 모셔야지."

찬사인지 빈정거림인지 알 수 없는 말이었다.

안내를 받으면서 들어가는데, 내부는 더 휘황찬란하고 화려했다. 황금으로 장식된 계단과 대리석으로 만들어진 복도는 끊임없이 이어지고 있었다.

"입구에서 무도회장까지 뭐가 이렇게 멀죠?"

유진은 예카테리나에게 속삭거렸다.

"이 저택, 방만 360개래요. 넓은 게 당연하죠."

'젠장, 뭔 저택이 대학보다 더 넓어……. 내가 권력자라면 이 정도 규모에 차라리 대학을 만들겠다.'

유진은 점차 그 비현실적인 크기와 화려함에 압도되기보다는 괜히 부아가 치밀어 올랐다.

마침내 무도회장에 도착하자, 넓은 규모의 홀은 귀족들의 제복과 귀부인들의 드레스로 가득 차 있었다. 황족의 무도회에 올 정도이니 대귀족과 고위 관료들뿐일 터였다.

유진과 예카테리나가 입장하자, 묘한 시선들이 그들에게 향했다. 이 자리의 유일한 동양인인 그를 못 알아볼 사람은 별로 없을 터였다. 유진을 바라보는 그 시선들에는 호기심, 놀라움, 기묘함, 비웃음, 경멸감이 혼재해 있었다.

유진은 그 시선을 느끼면서 본능적으로 페테르부르크에 오래 있으면 위험하겠다는 걸 직감했다.

자신은 여기서 완전히 이질적인 존재였다. 마치 우유 위에 떠 있는 부유물 같았다.

전통적이고 보수적인 시스템이 구축된 귀족 사회에서 벼락출세한 이를, 그것도 아예 다른 인종 출신을 좋아할 리가 없었다. 그들은 앞으로는 불만이 없어도 뒤로는 유진의 실수와 추락을 기대할 터였다. 신분도 재산도 없는 그는 실수 한 번이면 그대로 추락할 수 있었다. 차르가 아무리 그를 좋게 생각한다 할지라도 그가 소소한 관료 사회의 뒷면까지 주관할 수는 없을 터였다.

사람들이 모여들고 대화가 이어져도 유진에게 먼저 말을 거는 사람은 아무도 없었다.

그들 입장에선 '미천한 네가 먼저 인사를 올려야지 감히 우리가 먼저 인사하리?' 일 터였다. 보통 이런 자리에 온 하급 귀족이라면 어떻게든 높으신 분들과 인연을 트고 인맥을 얻기 위해 열심히 아첨을 겸한 기름칠을 할 터였다.

하나 유진은 간간히 그들의 시선을 느끼면서도 구태여 먼저 나서고 싶은 생각이 들지 않았다. 아부는 취미가 아니었고, 그럴 필요성조차 느끼지 못했던 것이다.

무도회가 시작되자 유진은 더 꿔다 놓은 보릿자루 같은 신세가 되었다. 원래대로라면 유진이 예카테리나의 무도회 파트너가 되어야 할 터였다.

"외젠, 왈츠 못 춰요?"

"당연히 못 추죠."

"당연하다뇨? 김나지움이나 대학 다니면서 한 번도 무도회 안 가 봤어요?"

"당신도 알다시피 난 극동 촌놈이라. 페테르부르크 와서도 그럴 생각은 한 번도 안 해 봤네요."

"가엾은 외젠, 정말 공부만 하면서 살았구나……."

예카테리나가 안타깝다는 식으로 말했지만 눈은 웃고 있었다. 그녀에게 남자가 왈츠를 못 추는 것은 큰 흠결이 아니었다. 오히려 그가 얼마나 성실하게 살았는지 짐작이 돼서, 그녀는 자기도 모르게 웃음이 나왔다.

'내가 뭣 때문에 러시아 귀족 나리들 앞에서 어릿광대 노릇을 해 줘야 하나?'

예카테리나에겐 미안하지만, 유진은 결코 춤을 출 생각이 없었다. 가뜩이나 이질적인 존재인데, 못 추는 춤까지 억지로 췄다간 더 웃음거리가 될 거 같았다. 그래서 몇 곡이 끝나는 동안 유진과 예카테리나는 춤을 추지 않는 노인네들과 더불어 무도회장 한편에 서 있었다.

"아름다운 아가씨, 한 곡 추시겠습니까?"

젊은 귀족 한 사람이 유진과 더불어 멀뚱히 서 있는 예카테리나에게 춤을 권했다.

뻔뻔해 보이는 낯짝이 옆에 서 있는 유진은 전혀 신경 쓰지 않는 태도였다.

"어……."

"난 괜찮으니까 신경 쓰지 말고 추도록 해요."

예카테리나가 고개를 돌려 유진을 쳐다보자, 유진은 고개를 끄덕였다.

계속 이렇게 서 있게 하기도 미안할뿐더러, 영리한 그녀도 그들을 보는 귀족들의 야릇한 시선을 눈치챘을 터였다. 자신이야 그렇다 쳐도 그녀까지 비웃음의 대상으로 만들고 싶진 않았다.

예카테리나는 잠시 머뭇거리다가 결국 권유에 응했다.

유진의 시선은 자연 춤을 추는 그녀에게 시선이 쏠렸다. 그녀는 아주 능숙하게 왈츠를 추었다. 대귀족 출신도 아니고, 무도회에 자주 가 본 적도 없지만 스몰니 여학원 출신인 그녀는 단연 왈츠에 능했다. 스몰니에서는 장차 귀부인이 될 학생들에게 지식과 교양뿐만 아니라 왈츠를 비롯한 무용도 가르치기 때문이었다.

피부색과 잘 어울리는 하얀 드레스를 입고 사뿐히 왈츠를 추는 예카테리나를 보면서 유진은 내심 탄성을 터트리면서도, 그는 눈앞에 보이는 것들이 비현실적처럼 느껴졌다.

웅장한 대저택, 화려한 샹들리에, 멋진 제복과 아름다운 드레스들.

불과 한 달 전만 해도 상상할 수 없었던 풍경이었다. 과연 광대한 나라 러시아 제국의 모든 부와 아름다움이 이 자리에 모여 있었다. 물결치는 드레스의 향연을 보면서, 유진은 갑자기 역겨움이 치밀기 시작했다.

'하, 이 나라 곳곳에 제대로 빵도 먹지 못하고 굶주리는 이들이 허다한데, 귀족 나리들은 파티 삼매경이시라.'

궁벽한 조선 출신인 유진이 보기에도 비참하고 가난하게 살아가는 이들이 러시아 곳곳에 있었다.

멀리 갈 거 없이 당장 페테르부르크의 노동자 거주 지역에 가면 그들이 어떤 삶을 살고 있는지 알 수 있을 터였다.

농노 신분에서는 해방됐지만 경제적인 압박 속에서 오히려 경작하는 땅을 잃고 도시로 흘러 들어와 빈민이 되는 이들이 허다했다. 유진은 자신이 직접 노동을 하면서 살아본 적은 없지만 그들이 얼마나 열악한 사정 속에서 살아가는지는 알고 있었다.

'역시 이 나라는 틀려먹었어. 데카브리스트 광장에 단두대를 설치해서 착취자의 목을 모조리 날려 버려야 한다는 급진주의자들의 말이 아주 틀린 게 아니야.'

유진은 춤을 추는 저 대열에 합류하기보다는, 저들이 비정상적으로 누리는 이 모든 부를 빼앗고 싶단 생각이 들었다.

변방의 가난한 수재 출신 엘리트로서 느끼는 세습귀족에 대한 본능적인 적대감에 인민주의적 감성까지 더해지면서 유진은 울화가 치밀고 있었다.

유진은 울화를 달래기 위해 바쁘게 왔다 갔다 하는 웨이터를 붙잡고 계속 와인을 마셨다. 모든 게 마음에 안 들었지만 달달하면서도 청량감이 있는 화이트 와인만큼은 유진의 마음에 쏙 들었다.

'어차피 안 왔어도 별로 티 안 났을 거 아냐? 괜히 왔군.'

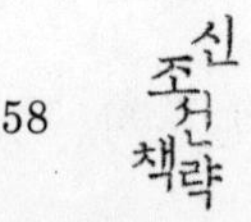

막상 와보니 주최자인 대공은 있지도 않고, 무도회는 즐겁다기보단 가시방석 같은 느낌이었다.

적당히 쉬는 시간이 되면 예카테리나에게 돌아가자고 할 생각이었다. 어차피 이런 무도회는 자신에게 걸맞는 자리도 아니었고, 앞으로도 오고 싶은 생각은 없었다.

"블라디미르 알렉산드로비치 대공 전하 납시십니다!"

유진이 돌아갈 생각을 하고 있던 차에 마침 블라디미르 대공이 도착했다.

"이거 내가 불러 놓고선 늦어서 미안하구려. 회의가 늦게 끝나서 부득이 늦었으니 양해 바랍니다."

"대공 전하, 만수무강하소서!"

대공이 오자 무도회장의 인사들이 일제히 인사를 했다. 남자는 고개를 숙이고, 여자는 드레스 양쪽을 붙잡고 정중하게 허리를 숙였다.

"고맙소. 다들 안녕하시지요?"

젊지만 풍성한 구렛나루를 기른 대공이 인사를 받았다. 그는 제국의 황자답게 풍채는 좋았지만 약간 비만했다.

블라디미르 대공은 34살에 불과했지만, 황위 계승 순

위 4위일뿐더러 육군 중장, 황실 근위대장, 최고 각료회의 임원을 겸임했다.

16년 전, 차르의 장남, 즉 블라디미르의 큰 형인 황태자 니콜라이 대공이 22살의 나이로 요절했을 때 후계자로 논의된 바도 있었다. 결국 둘째 알렉산드르가 황태자 위를 계승했지만, 일각에서는 엄격하고 보수적인 알렉산드르보다는 좀 더 유연하고 다재다능한 블라디미르가 차르의 후계자로 더 적당하다고 조심스럽게 말하는 이들도 있었다. 더욱이 대공은 예술가들의 후원자로도 유명해서 여러 미술가와 음악가, 특히 러시아를 상징하는 예술인 발레의 후원자로 명망이 자자했다. 그러다 보니 자연히 그의 주변에는 사람들이 몰려들었다.

주위에 몰려든 사람들의 인사를 받으며 환담을 나누던 대공은 무언가 생각이 미친 듯 주위를 둘러보다 한쪽 구석에서 홀로 와인을 홀짝거리고 있는 유진을 발견했다.

"아니 이거, 우리의 구원자가 왜 저런 구석에 있나. 유리 김이라고 했나? 젊은 동양 친구, 이쪽으로 오시게."

유진은 갑작스러운 지명에 당황했으나 곧 평정을 되찾고 대공의 부름에 응했다. 그를 향하는 사람들의 시선은 놀라움으로 바뀌어 있었다.

"그대가 오늘의 주빈인데 왜 그런 구석에 있나. 아, 이런 자리에 익숙하지 않아서 그런가?"

"그렇습니다. 아, 아닙니다."

술기운이 약간 오른 유진은 무심코 동의를 표했다가 화들짝 놀라 말을 바꿨다.

"하하, 그대는 아버지 차르의 은인이자 러시아 제국을 위기에서 구한 영웅이 아닌가. 이미 폐하께서 치하하셨다지만, 내 개인적으로도 감사를 표하고 싶었네."

"황공하옵니다."

블라디미르 대공은 큰 소리로 유진을 치켜세웠다.

그도 그럴 법한 것이, 사적으로는 아버지의 생명을 구한 은인이었고, 공적으로는 황실 근위대장으로서 다하지 못한 책무를 유진이 대신 해 준 셈이었다.

황태자가 유진을 못마땅하게 생각하는 것과 달리 대공은 매우 우호적으로 유진을 대했다.

"그대가 외무부 아시아국에 속할 것이란 이야기는 들었네. 앞으로 폐하와 제국을 위해 힘써 주길 바라네."

"감사합니다. 신명을 다 바치겠습니다."

유진은 황족과 귀족들의 러시아 제국을 위해서 충성을

다하고 싶단 생각은 들지 않았지만, 대답만큼은 듣기 좋게 했다.

"내 개인적으로도 그대에게 후사를 하도록 하지. 자, 그럼 오늘 이 자리를 즐겁게 보내길 바라네."

사람은 많은데 언제까지 유진만 데리고 이야기할 수는 없는 노릇이라 대공은 그의 어깨를 툭 한 번 치고 다른 이에게로 자리를 옮겼다.

대공의 공개적인 치하는 사람들의 반응을 확 달라지게 하였다. 그전까지는 존재가 없는 것처럼 치부하던 귀족들이 유진의 주위로 몰려들었다. 갑작스러운 질문 공세에 유진은 정신이 없을 지경이었다.

"무슈 김은 어디 출신이죠?"

"조선? 조선은 어떤 나라인가요? 중국하고 비슷한가요?"

"프랑스어 실력이 훌륭한데 어디서 배웠나요?"

"아, 페테르부르크 대학을 다녔다고요? 이거 반갑소, 나도 거기 출신인데."

"이거 우리 동문 아닌가? 자자, 말만 하지 말고 건배합시다."

대공의 말 몇 마디에 태도가 바뀌는 귀족들을 보면서

유진은 내심 쓴웃음이 나왔다.

거드름을 피우며 거들먹거리는 그들도 결국 더 높은 이들의 눈치를 보며 사는 것이었다.

"동양인들은 다 일본인이나 중국인들처럼 키 작고 이상한 옷만 입는 줄 알았는데 무슈 김은 아주 훤칠하고 연미복도 잘 어울리는걸요."

"우리 러시아에서 자라서 체형도 러시아식으로 바뀐 게 아니겠어요? 피부도 동양인치고는 하얗고 이목구비도 뚜렷하고. 아, 눈은 좀 가늘게 찢어지셨네."

"그래요, 무슈 김에게는 색다른 매력이 있는걸요? 다음엔 꼭 저랑 같이 춤을 춰요."

화려한 드레스를 입고 아름답게 화장을 했지만 머릿속이 텅텅 비어 있는 것을 멀리서도 감지할 수 있을 것 같은 귀족 아가씨들이 유진의 외모를 품평하는 것을 보면서 예카테리나는 기가 찼다.

딱 봐도 유진이 곤혹스러워하는 것이 보였지만 그녀는 멀찍이 지켜만 보고 있었다.

'흥, 저것들이 나보다 나은 게 작위 말고 또 있나. 외젠은 가뜩이나 여자 앞에선 숙맥인데 니들처럼 머리 빈 애들하고 무슨 대화를 하겠니?'

"대단히 영광입니다만, 제 왈츠 솜씨가 훌륭하지 못해서 아가씨의 아름다움을 빛내지 못할 것 같아 정중히 거절할 수밖에 없음을 유감스럽게 생각합니다."

'어머, 어머, 저 능구렁이 같은 거 봐. 나한테는 다짜고짜 못 추겠다더니!'

"호호, 말씀도 잘하시네. 괜찮아요, 누군 처음부터 다 잘하나요."

"맞아요, 맞아. 여성이 리드할 수도 있는 거죠. 괜찮으니까 춰 봐요!"

당혹스러워하던 유진이 결국 이끌려 나가는 것을 보면서 예카테리나는 기가 막히고 말았다.

"저, 아가씨, 실례합니다. 어느 가문의 누구신지……."

"네?"

예카테리나는 저도 모르게 목소리를 높이면서 눈을 째렸다. 소심해 보이는 젊은 귀족 하나가 깜짝 놀란 채로 굳어 있었다.

"아, 미하일로프스키 남작가의 예카테리나 알렉세예브나라고 합니다."

자신이 실수를 했다는 생각에 예카테리나는 얌전하고

조신한 태도로 인사를 했다.

"예카테리나 알렉세예브나 양, 함께 춤 출 수 있다면 영광이겠습니다."

아까도 그렇고 이번에도 전혀 자기 취향은 아니었지만 예카테리나는 결국 초대에 응했다. 왈츠 대열에 유진이 서는 것을 보자 그녀는 고개를 돌려 버렸다.

'흥, 바보. 발이나 실컷 밟아라!'

'아, 젠장. 평생 당할 무안은 오늘 다 당한 것 같다. 내가 무도회를 한 번이라도 더 오면 성을 간다.'

한차례 왈츠가 끝난 다음 유진은 비틀거리면서 자리에 되돌아갔다.

예카테리나의 저주처럼, 왈츠에 전혀 익숙하지 못한 유진은 스텝이 계속 엉키면서 파트너의 발을 밟기 일쑤였다. 그녀는 그럴 때마다 얼굴을 찡그렸지만 잘 교육받은 아가씨답게 불평은 하지 않았다. 그러나 이 저주 받을 왈츠가 끝나면 두고두고 그는 아가씨들의 뒷담화 대상이 될 터였다.

유진은 춤 한 번에 녹초가 된 느낌이었다. 아직 초봄인데도 더위를 느끼고 연미복 재킷을 벗고 넥타이도 풀고 싶었지만, 보는 눈이 많아서 그럴 수가 없었다.

이젠 조용히 와인이나 마시다가 돌아가고 싶은데, 유진이 홀로 와인 잔을 들자 이번엔 젊은 귀족 무리들이 모여들었다.

"무슈 김, 술을 혼자 마시면 무슨 재미인가요. 함께 마시죠."

유진은 문득 짜증과 귀찮음이 시베리아 설원을 달리는 순록떼 마냥 밀려왔지만 웃는 낯으로 응대했다.

처음엔 그나마 동양에 대한 질문들을 하더니 곧 유진의 기준에선 지극히 시답잖고 시시껄렁한 주제로 화제가 바뀌었다.

"무슈 김, 왈츠 못 춘다고 너무 좌절할 것 없어요. 여자를 꼬시는 데 춤 솜씨는 극히 일부에 불과하거든."

"맞아요, 맞아. 파트너로 같이 온 아가씨, 매력적이던데 어떤 사이인가요? 꽤 친밀해 보이던데?"

"페테르부르크에 머무는 동안 잠시 신세지고 있는 남작 가문의 영애입니다."

"뭐라고요, 그 댁에 산다고요? 미혼의 남녀가? 세상에!"

"이야, 재주 좋군요? 귀여운 러시아 아가씨를 벌써부

터 꿰차고.”

칭찬인지 조롱인지 하는 말에 유진은 불쾌감을 느꼈다. 그런 사이 아니라고 부정을 해도 그들은 계속 환담을 이어 나갔다.

“여기 무슈 김이 러시아 아가씨를 꼬드겼으니 등가교환을 하려면 우리도 동양 아가씨 하나쯤은 꼬셔야 하는 거 아니요? 하하하.”

“여자는 우리 러시아 제부쉬까—아가씨—들이 최고지만, 가끔씩 별미를 맛보는 것도 미식가의 도리 아니겠소. 일본 게이샤들이 유명하던데 어떨지 참 궁금하단 말이야.”

“아, 일본 하니까 생각나는 게 있네. 듣자하니 어떤 일본인이 진정한 서구화를 이루려면 우월한 서양인들과 일본인들을 혼인시켜서 인종을 개량해야 한다고 주장했다면서요? 그럼 우리들도 그들을 위해서 힘 좀 써 줘야 하지 않겠소? 인종개량을 위해, 하하하.”

“그래요? 하하하. 무슈 김, 잘됐구려. 꼭 러시아 아가씨랑 결혼해서 인종개량을 달성하길 바랍니다. 그래야 야만적인 동양도 좀 근대화되지 않겠소.”

‘제놈들도 따지고 보면 절반은 몽골의 후예면서…….

그리고 동양인인 게 뭐가 부끄럽다고 개량 운운하는 거냐?'

유진은 거듭된 그들의 성적(性的), 인종적인 모욕에 불쾌감을 넘어서 혐오감과 역겨움을 느끼고 있었다. 내세울 만한 것은 혈통밖에 없으면서 거들먹거리는 러시아 귀족이란 부류들과는 역시 같은 공간에서 살 수 없다는 것을 새삼 깨닫고 있었다.

"그렇군요, 조언 감사합니다. 인종개량이란 것이 사회진화론(社會進化論, Social Darwinism)의 관점이지요? 저도 사회진화론에 대해서 알기로는 사회를 위해 열성 인자들은 도태한다고 하는데, 여러분을 보니 하느님께서 보우하사 천만다행하게도 러시아 귀족의 정수(精髓)는 지켜질 것 같습니다. 이 모든 일을 주관하시는 주님께 영광있을지어다!"

유진은 웃는 낯으로 매우 신랄하게, 하지만 비비 꼬인 말로 그들을 마음껏 비웃어 주었다. 무슨 말인지 이해를 못하던 그들은, 한참을 생각하더니 그제야 얼굴을 험악하게 굳혔다.

유진은 냉소적으로 웃으면서 자리에서 일어났다.

'나는 너희들을 경멸한다. 경멸한다. 경멸한다.'

*　　　*　　　*

썩 유쾌하지 못했던 무도회에서 돌아오면서 유진은 불편함을 느꼈다.

몇몇 사람들의 호의가 있다 할지라도 귀족이란 부류들과는 어울릴 것이 못 된다는 것을 다시 한 번 확인했고, 뒤에서 칼이라도 맞지 않으려면 빨리 이 사치와 환락의 제도(帝都)를 벗어나야겠단 생각이 들었다.

더욱이 예카테리나도 왠지 화가 나 있었는데, 유진은 자신의 신분과 처지 때문에 그녀가 비웃음이라도 당했을 거라고 지레짐작하고 있었다. 자신이 그녀의 집에 머무는 것은 역시 잘못된 처신이었다고 확신한 그는 다음 날 바로 짐을 빼려고 했다.

그는 숙소를 시내에 있는 호텔로 옮기려 했지만, 이번에도 그녀의 반대를 이기지 못하고 잔류하게 됐다.

말인즉슨, '무엇 때문에 쓸데없이 호텔로 옮겨서 숙박료를 낭비하냐' 는 그녀의 논리는 타당했다. 이번엔 남작부인까지 나서서 만류하자, 그리하여 그는 또 애매한 태도를 버리지 못한 채 엉거주춤 머무르고 있었다.

"외젠, 요새 귀족들에게 편지 많이 오네요? 이번엔 독일 여자인가요?"

예카테리나가 어딘가 가시가 박힌 말투로 유진에게 온 편지를 전달했다.

대공의 무도회 이후에도 귀족들로부터 비슷한 종류의 초대장이 날아왔지만, 다시는 귀족의 무도회 따위는 가지 않겠다고 결심한 이상 그는 전부 무시하고 있었다.

그런 종류라고 생각하고 대수롭지 않게 편지를 받은 유진은 발신인 란에 Von Elmshorn, Elisabeth(폰 엘름스호른, 엘리자베트)라고 쓰여 있는 걸 보자 유진은 눈동자가 흔들렸다.

Liebe Eugene(친애하는 유진에게),

그동안 잘 지냈어? 지난 1년 동안 네 소식을 전혀 듣지 못했으니까 제일 먼저 이걸 묻게 되는구나.

작년 초에 갑자기 대학을 그만두고 사라져 버려서 우리가 얼마나 걱정했는지 알아? '멀리 떠나려고 한다.' 이 한 문장만 남기고 말이야. 대체 어디로 간 건지 알 수도 없었지. 지난 1년간 우리가 얼마나 속이 탔을지 생각이나 해 봤어?

그런데 얼마 전에 신문으로 네 소식을 알게 됐어. 세상에,

러시아 황제를 구한 소문의 동양인이 바로 너였다니. 상상이나 할 수 있었던 일이었겠어? 네 편지가 아니라 신문으로 소식을 알게 돼서 더더욱 화가 났지만, 혹시 지난 1년간 군이나 경찰에서 특수훈련이라도 받았던 거야? 만약 그래서 연락을 할 수 없었던 거라면 특별히 용서해 줄게.

당장이라도 페테르부르크로 달려가고 싶지만, 내가 가야 할 게 아니라 마땅히 네가 우리에게 찾아오는 게 도리라고 생각해. 동의하지?

네가 아직 우리를 가족으로 여긴다면, 반드시 레발로 와 주길 바라. 부모님과 요한나, 그리고 나도 간절히 기다리고 있으니까.

— Deine Elise(너의 엘리제)

"무슨 편지이길래 그렇게 표정이 심각해요?"

선채로 편지를 읽는 유진의 표정이 심상치 않음을 느낀 예카테리나는 조심스럽게 물었다.

"도대체 누군데 그래요? 혹시…… 내가 알면 안 되는 사이인가요?"

아련히 옛 추억 속으로 침잠했던 유진은 예카테리나의

높은 목소리에 문득 정신을 차렸다. 그는 웃으면서 답했다.

"아니에요, 엘리제, 그러니까 엘리자베트는 내 여동생이나 다름없어요. 레발(Leval—에스토니아 탈린)에 살고 있는 양부모님 딸이죠."

"아, 그렇군요."

예카테리나는 괜히 자기도 모르게 감정을 드러낸 것 같아 고개를 숙였다.

"그럼 양부모님은 레발에 살고 계신 거네요? 배 타고 하루면 갈 수 있는 거리인데 왜 찾아뵙지 않아요?"

"그래야 하죠. 음, 그랬어야 했는데……."

유진은 지난 일을 떠올리자 후회가 됐다.

어떤 이유가 됐건 가족으로 생각했던 사람이 1년씩이나 연락이 두절된 것은 변명의 여지가 없었던 것이다.

"소환장이 온 이상 난 내일이라도 당장 레발으로 떠나야겠네요. 그동안 고마웠어요, 카챠."

"에? 왜 영영 못 볼 사람처럼 말을 해요?"

"그야 다녀오면 시간도 좀 걸릴 거고, 알다시피 다음 달부터는 외무부로 출근해야 하잖아요. 언제까지 이 댁에 신세질 순 없죠."

'그리고 곧 극동으로 떠날 거니까.'

이 말은 입 밖으로는 내지 않았다.

예카테리나는 유진이 자신의 방으로 가서 짐을 정리하는 것을 지켜보다 조심스럽게 입을 열었다.

"외젠, 저도 따라가도 돼요?"

"네? 당신이 왜요?"

"음, 레발이 중세 시대의 흔적이 그대로 남은 아름다운 도시라는 말은 많이 들어 봤는데, 직접 가 본 적은 없거든요. 당신도 알다시피 미혼 여성은 마음대로 여행다닐 수 있는 사회가 아니잖아요. 마침 믿을 만한 남성 보호자도 생겼으니 이번 기회에 가 보고 싶어요."

'허허, 이 아가씨가……. 그럼 단둘이 여행가는 게 되잖아.'

유진은 난처했다.

만약 둘이 같이 레발에 가게 되면 엘름스호른 가문 사람들은 아마 99% 오해를 하게 될 테니까.

"네? 같이 가도 되죠? 폐가 되진 않을 거예요. 난 아나스타샤랑 시내에 따로 숙소를 잡을 거니까."

"음……."

"외젠, 설마 내 청을 거절하려는 건 아니죠? 동행만

해 달라는 건데, 설마 사람 좋은 외젠이 거절하겠어. 맞아, 그동안 외젠이 머무른 이 집이 누구 집이었더라?"

예카테리나의 압박에 결국 유진은 백기를 들었다.

"으으, 좋을 대로 해요. 단 남작 부인 허락은 꼭 받아야 해요."

"물론이죠! 고마워요, 외젠!"

그녀는 기뻐하며 유진을 끌어안았다. 유진은 그녀의 거침없는 감정표현에 당황했지만, 그저 허허 웃을 뿐이었다.

예카테리나의 갑작스러운 여행 계획에 난색을 표하던 마리아는 결국 딸을 이기지 못하고 레발행을 허락했다.

귀족 가의 예법에 충실한 그녀가 보기에 미혼의 남녀가 함께 여행을 간다는 건 말도 안 됐지만, 유진이 워낙 점잖고 성실한데다가 남자라기보단 오빠 같은 존재라서 믿음이 갈 만한 사람이었다.

"우리 말괄량이 딸 잘 부탁할게요. 오라비의 마음으로 잘 돌봐 주길 바랍니다."

"별말씀을요, 남작 부인. 제가 그동안 신세진 것을 조금이나 갚을 수 있다면 다행이죠."

마리아는 이어 딸에게 당부를 했다.

"카챠, 무슈 김에게 곤란할 만한 행동은 하면 안 된다."

"알겠어요. 어머니도 참, 언제까지 어린아이 취급을 하시려고. 저도 9월이면 18살인 걸요."

"그래, 그런데 믿음이 가야지……. 혼자 다니지 말고, 다닐 때는 반드시 아나스타샤랑 함께 움직여라."

"걱정 마세요, 마님. 아가씨를 잘 모시겠습니다."

예카테리나에게는 분신과도 같은 하녀 아나스타샤가 있었다. 남작 부인은 딸은 신뢰가 가지 않더라도 그녀라면 충분히 믿음이 가는 터라, 믿고 보내기로 한 것이었다.

"걱정 마시라니까요. 그럼 잘 다녀오겠습니다, 어머니!"

무엇이 그렇게 즐거운지, 유진은 언제나 긍정적인 그녀의 모습에 자신도 모르게 미소를 지었다.

7장

송별(送別)

모두에게 그 이야기를 전해 줘.

다가올 미래는 너무도 눈부시게 빛나고 더없이 아름답다고 말이야.

미래를 사랑하라고! 미래를 향해 돌진하고, 미래를 위해 일하라고!

미래를 앞당기라고! 미래에 이루어질 것을 가능한 한 많이 현재로 가져오라고!

그러면 너희들의 삶은 기쁨과 행복으로 빛나고, 선해지고 부유해질 거라고! 미래의 것들을 현재의 삶 속으로 많이 그리고 빨리 가져오면 올수록, 너희들의 삶은 부유해질 거라고. 너희들은 미래를 향해 돌진하고, 그것을 위해 열심히 일하고, 미래를 앞당기고, 가능한 한 많이 미래의 모든 것을 현재 속으로 가져오라고!

— 니콜라이 가브릴로비치 체르니셰프스키(Н. Г. Чернышевский), 〈무엇을 할 것인가(Что Делать)〉

*　　*　　*

탈린은 페테르부르크 항구에서 여객선으로 가면 가까운 거리였다. 극동에서 유럽까지 두 번을 왕복한 바 있는 유진은 이런 짧은 거리의 항해는 옆 동네에 가는 것에 불과했지만 예카테리나는 배를 타는 것조차 정말 신난 것처럼 보였다.

"여행해 본 적 없어요?"

"음, 어렸을 때 바르샤바에서 페테르부르크로 이사 온 후론 거의요. 페테르부르크 근교는 많이 가 봤지만, 멀리 떠나 본 적은 별로 없네요. 5년 전에 부모님이랑 모스크바랑 키예프, 크림 반도는 같이 가 봤는데, 짐작하겠지만 부모님이랑 여행을 가면 아무래도 제약이 많잖아요? 나이도 어렸고. 이렇게 여행해 보는 건 처음이죠."

"그렇군요."

"외젠은 인도양만 세 번을 횡단한 거잖아요. 여행 이야기 들으면서 많이 부러웠어요. 기회만 된다면 나도 세상 이곳저곳을 여행해 보고 싶어요. 시암, 중국, 조선, 일본까지!"

유진도 5년 전에 처음 아시아와 아프리카, 유럽으로 이어지는 긴 바닷길을 가면서 얼마나 흥분이 됐는지 알았기 때문에 그 심정을 이해했다. 사회통념상 여성인 그녀는 남성인 자신보다 훨씬 제약이 많을 수밖에 없을 터였다.

오전에 출발한 배는 저녁에 레발 항에 들어갔다. 레발은 12세기에 이른바 '북방 십자군'을 주도하던 독일인들이 건설한 도시로, 수백 년이 흐른 지금도 독일인이 다수 거주하는 지역이었다.

중세의 흔적이 그대로 남아 있는 도시 분위기 자체가 러시아라기보다는 독일에 더 가까웠다. 알렉산더 폰 엘름스호른이 이곳에 정착하기로 한 것도 그러한 이유 때문이었다.

유진은 마차를 잡고, 엘름스호른 가로 향했다. 마차가 낯익은 모습의 저택에 도착하자, 유진은 그리움에 사로잡혔다.

"Eugene, Liebes! Es ist ja schon eine Ewigkeit her, dass ich dich das letzte Mal gesehen habe(아니, 유진! 대체 이게 얼마만이야)?"

저택 문을 연 막내 요한나가 초록색 눈을 크게 뜨면서 갑작스럽게 찾아온 손님을 반겼다.

"오랜만이야, 요한나. 그동안 잘 지냈지? 부모님께서는?"

"모두 건강하시지. 정말 못됐어, 연락 한 번 없이. 대체 지난 1년간 뭐했던 거야?"

"미안, 이런 저런 사정이 있었거든. 일단 부모님께 먼저 인사드리자."

유진을 안내하려던 요한나는 그의 뒤에 서 있는 자신 또래의 여성을 보고 깜짝 놀랐다. 한 명은 복장을 보건대 하녀겠지만, 한 명은 어딜 봐도 귀족 아가씨로 보였던 것이다.

“Und diese junge Dame ist(그런데 이 숙녀분은)……?”

“Bonsoir, Je suis Ekaterina Alexeievna Mikhailovskaya(안녕하세요, 예카테리나 알렉세예브나 미하일로프스카야라고 합니다).”

독일어를 잘하지 못하는 예카테리나가 프랑스어로 자기소개를 했다.

“내가 페테르부르크에서 신세 지고 있는 남작가의 영애셔. 레발로 여행을 하고 싶다고 해서 함께 온 거야. 이미 늦은 저녁이라 여자 둘만 숙소를 잡으라고 보내기는 뭐해서……. 집으로 데려왔어.”

“Ah oui, je comprends(아하, 그렇군). 전 이 집의 차녀 요한나 폰 엘름스호른이에요. 엘름스호른 가에 오신 것을 환영합니다, 아가씨.”

프랑스어로 인사를 답한 요한나는 이윽고 유진을 묘한 눈빛으로 쳐다보면서 말했다.

“못 본 사이에 능력 많이 좋아졌어, 유진?”

“아냐, 네가 생각하는 그런 사이.”

“흐응.”

요한나는 빙긋 웃으면서 코웃음을 흘렸다.

“어서 오너라, 유진! 온다는 전보는 받았지만 빨리 왔구나. 그래, 그동안 건강했느냐?”

“무심한 녀석 같으니, 연락 한 번도 없이.”

“그간 평안하셨는지요.”

유진의 양부모인 엘름스호른 부부가 1년 만에 찾아온 탕아를 끌어안으면서 반겼다.

그런데 그들도 유진을 뒤따라온 여성을 보면서 딸과 똑같은 의문이 들었다.

“이 아가씨는 누구시냐?”

“뵙게 되어서 기쁩니다. 마담, 무슈 엘름스호른. 예카테리나 알렉세예브나 미하일로프스카야입니다.”

예카테리나는 귀족의 예법으로 몸을 숙이며 아주 예의 바르게 인사를 했다.

“유진이 신세지고 있는 남작가의 따님이래요. 레발 여행을 하고 싶으시다 하셔서 모시고 왔다는군요.”

유진이 뭐라 설명하기도 전에 요한나가 선수를 쳤다.

“송구합니다. 늦은 밤이라, 여자들만 따로 숙소를 잡으라고 하기 뭐해서 부모님 댁으로 모셨습니다.”

“그럼, 네가 신세를 지고 있으면 마땅히 이곳에선 우리 집으로 모셔야 맞는 거지. 반가워요, 마드모아젤 미하일로프스카야. 잘 오셨습니다. 레발에 있는 동안 집처럼 여기고 머물러 주길 바라요.”

알렉산더는 크게 기뻐하면서 그녀를 환대했다. 하녀를 불러 예카테리나에게 방을 안내하고 여장을 풀게 했다.

“배고프지? 일단 저녁부터 먹자. 마침 네가 좋아하는 슈니첼(Schnitzel) 요리도 해 놨다. 러시아 아가씨도 모셔 오도록 하고.”

“감사합니다, 어머니.”

오랜만에 느끼는 가족의 정에 유진은 마음이 따뜻해졌다.

“마드모아젤, 음식이 입맛에 맞나요?”

“그럼요, 마담. 독일 요리가 이렇게 맛있다는 걸 미처 몰랐었네요. 초대 없이 찾아온 불청객인데 이리 잘 대해 주셔서 감사합니다.”

예카테리나는 웃으면서 대답했다. 알렉산더와 헬가는 예의 바른 그녀의 태도가 마음에 들었다.

“Ach, Wie nicht anders zu erwarten sind Töchter aus adeligem Hause ganz anders. Sie ist wirklich eine entzückende junge Dame(어쩜, 역시 귀족가의 따님은 다르구나. 참 사랑

스러운 아가씨야).”

독일어가 익숙하지 않은 예카테리나를 배려해서 여태껏 프랑스어로 말하던 헬가가 독일어로 속삭였다.

엘름스호른 가도 이름에 ‘Von(폰)’을 쓰듯이 북독일 출신 귀족이었지만, 전통적인 의미의 귀족이라기보다는 조상이 하노버 왕국에서 장교 생활을 하면서 받은 작위였고 생활양식은 부르주아에 가까웠다. 유진은 그저 말없이 웃었다.

“그래, 네 소식은 신문과 소문을 통해서 대충 들었다만, 대체 어떻게 된 거냐. 러시아 황제의 생명의 은인이라니, 이게 너라는 것에 참 놀랐단다. 그간 어떻게 생활한 거냐?”

식사를 마치고 응접실로 이동하자 알렉산더가 그동안 궁금했던 것을 물었다. 헬가도 홍차와 디저트를 내놓으면서 질문 대열에 합류했다.

“그래, 왜 연락이 없었던 거니. 우리만 아니라 엘리제도 걱정 많이 했다.”

“아, 엘리제는 언제 오나요?”

“내일 올 거야. 오늘은 밤이 늦었으니까. 이제 홀몸이 아니잖니.”

"홀몸이 아니라뇨?"

"아, 그렇지. 넌 아직 연락을 못 받았구나. 너도 내일 만나면 축하해 주려무나. 엘리제가 얼마 전에 임신했단다."

그 말에 유진은 적잖이 충격을 받았다.

그녀가 약혼을 하는 것까진 봤지만, 그사이에 결혼도 하고 임신까지 했다는 사실에 놀라고야 말았다. 그렇게 많이 시간이 흘렀단 말인가.

"그동안 연락을 드리지 못해서 정말 죄송합니다. 저는 작년에 외무부 아시아국 관료로 선발됐어요. 그래서 임무 상 극동과 조선에도 다녀왔습니다."

유진은 거두절미하고 지금 일과 지난 일을 섞어서 거짓말을 했다. 자신이 왜 연락 없이 조선까지 떠났는지 구구절절 이야기 하고 싶지 않아서였다.

"뭐라고? 그런 일이 있었단 말이냐? 그럼 왜 연락을 하지 않았어."

"국가기밀 상 극비리에 다녀와야 할 일이라 미처 연락을 못 드렸습니다."

유진은 자신의 은인인 양부모를 속인다는 것에 죄책감을 느꼈지만 어쩔 수 없었다.

"그럼 러시아 황제 폐하를 구한 것도 공무 중 있었던 일이냐?"

"그건 아닙니다. 우연의 일치였지요. 뭐, 덕택에 폐하를 구한 공로로 8등관으로 특채됐지만요."

"8등관이라니! 어디 보자. 그럼 장교로 치면 소령쯤 되는 거 아니냐?"

"네, 맞습니다."

"허허, 이제 네가 나보다 훨씬 출세했구나. 그것도 이렇게 어린 나이에. 정말 대단해!"

알렉산더가 껄껄 웃으면서 기뻐했다. 그는 젊은 시절 해군 대위로 퇴역해서 그 후로는 쭉 상선에서만 근무했던 것이다.

"별말씀을요."

"거 봐요, 알렉스. 이 아이는 재능이 타고 났다니까. 우리가 정말 중요한 일을 한 거예요."

"당신 말이 맞아. 12년 전 그때 쓰러져 있던 그 아이가 이렇게 반듯하게 커서 제 이름을 세상에 떨칠 줄 누가 알았겠어. 앞으로 더더욱 성공할 거야. 안 그러냐, 오이겐?"

"다 부모님 덕입니다. 두 분께서 저를 키워 주고 교육시켜 주신 덕에 그런 행운도 잡을 수 있었던 거지요."

부부가 흐뭇하게 유진의 입신출세를 기뻐하는 것을 보면서 유진은 겸손하게 공을 그들에게 돌렸다. 정말로 그들이 아니었으면 자신은 어떻게 되었을지 상상조차 할 수 없었다.

"성공하고도 오만하지 않는 네 자세가 정말 훌륭해. 너를 우리 아이로 거둔 것을 정말 기쁘게 생각한다."

"더욱 성공해서 두 분 은혜에 만분지일이라도 보답해 드리겠습니다."

"말이라도 기쁘다. 자, 그럼 여행 오느라 피곤했을 텐데 들어가서 쉬거라. 내일 엘리제가 오면 그때 또 이야기하자꾸나."

"네, 두 분께서도 편히 쉬십시오."

오랜만에 자신의 거처로 돌아온 유진은 묘한 안도감을 느꼈다.

가구라곤 침대와 책장뿐인 아담한 방이지만, 이 방은 유진을 위해 배정된 방이었다. 유럽으로 온 후에도 내내 페테르부르크에서만 생활했기 때문에 이곳은 방학 때만 잠시 들르는 곳이었다.

그래도 가끔씩 찾아오는 유진을 위해 양모는 돌아올

때쯤이면 침대 시트와 이불을 깨끗이 준비해 놓았다. 유진은 집에 돌아온 기분으로 오랜만에 푹 잠이 들었다.

*　　　*　　　*

"Eugene, wach auf. Die Sonne steht schon im Zenit(유진, 일어나. 벌써 해가 중천이야)!"

"으음……. 좀만 더."

유진은 기시감을 느끼면서 침대를 뒤척였다.

"일어나, 잠꾸러기야. 일부러 내가 보러 왔는데 언제까지 잠만 잘 거야?"

"아, 엘리제……. 왔어?"

유진은 잠이 덜 깬 채로 눈을 떴다. 그의 눈앞에는 초록색 눈에 갈색머리의 여인이 웃고 있었다. 꿈이 아니었다. 실로 오랜만에 듣는, 반가운 목소리와 낯익은 얼굴이었다.

"뭐야, 그 시큰둥한 인사는. 일단 세수부터 하고 정신차려."

"네, 네. 그리합죠."

유진은 세수를 하고, 대충 몸단장을 한 다음에 기다리고 있던 엘리제와 다시 인사를 나눴다. 그녀와의 가벼운 포옹은 익숙한 일이었다.

"정말 오랜만이야, 유진."

"그래, 너도 잘 지냈지? 그동안 연락하지 못해서 미안."

"유진이 자는 동안 어머니께 이야기 전해 들었어. 그래도 그렇지, 어떻게 편지 한 장 안 남길 수가 있어? 사람 걱정되게."

엘리제는 정말로 심통이 난 것처럼 눈을 추켜올렸다. 그녀에게 유진은 10년이 넘는 세월이 지나면서 친오빠나 다름없는 존재였다.

"미안, 정말 미안해."

유진은 그녀에게 무언가 할 말이 있었지만 그저 미안하다고 할 뿐이었다.

"흐응, 그래. 내가 편지에 공무와 관련된 일이라면 특별히 용서한다고 했으니까 용서할게. 그리고 무사히 몸 건강하게 잘 돌아왔으니까. 아프거나 죽기라도 했으면 죽어서도 용서 안 하려고 했어."

"이 젊은 나이에 죽긴 왜 죽어. 걱정 안 해도 돼."

"사람 일이라는 걸 몰라서 그래? 내 친오빠도 어린 나이에 잃었는데, 유진까지 잃고 싶지 않아."

진심 어린 그녀의 말에 유진은 마음이 흔들렸지만, 내색하지 않으려고 화제를 돌렸다.

"아, 임신했다면서. 축하해."

"응, 이제 3개월 정도 됐어. 내 결혼식에 오지 않았으니까, 그 벌로 가을에 아이 태어날 때는 꼭 오는 거다. 유진한테는 조카잖아. 알겠지?"

엘리제가 아직 크게 불러 오지 않는 배를 감싸면서 기쁘게 말했다. 유진은 차마 곧 다시 떠날 예정이라고는 말하지 못하고 씁쓸해지려는 표정을 감췄다.

"남편이 잘해 줘?"

"물론이지. 우린 신혼부부잖아. 아, 물론 시간 지난다고 우리 프리츠가 태도를 바꿀 사람은 아니지만, 후후."

"그래, 잘됐구나."

행복해하는 그녀를 보면서 함께 기뻐해 주고 싶었지만, 유진은 진심으로 그러지 못하는 자신이 한심스러웠다.

"그래, 그동안 무슨 일이 있었는지 구체적으로 이야기 들어 봐야지. 함께 온 아가씨랑 무슨 사이인지도 들어

봐야겠고."

"별 사이 아니야. 페테르부르크에 있는 동안 잠시 그 댁에 신세지고 있는 것뿐이지."

"그 정도면 충분히 별 사이인 것 같은데. 요한나한테 들었어. 빤히 답이 보이는데 부정하지 마. 우리 유진, 대단해. 우리 자매말곤 여자에겐 제대로 말도 못 붙였으면서 어떻게 저런 예쁘고 귀여운 귀족 아가씨를 꼬셨을까."

"네가 생각하는 그런 사이 아니라고! 젠장, 내가 왜 이런 변명까지 해야 되는지 모르겠다."

유진은 자기도 모르게 언성을 높였다. 말하고 나서 바로 후회가 됐지만 이미 늦었다.

"아니면 아니지, 왜 화를 내고 그래? 유진답지 않게."

"미안, 자다 깨서 그런가 보다. 너도 알다시피 내가 아침에 좀 약하잖아."

유진이 평상시 밤늦게까지 책을 읽는 버릇을 아는 엘리제는 미소 지었다.

"그래그래, 깨운 내가 잘못이야. 잠꾸러기 유진. 그럼 더 잘 거야?"

"아니, 네가 왔는데 어떻게 그럴 수가 있겠어. 이제

본격적으로 이야기를 해 보자."

유진은 지난 1년간 있었던 일을 거짓과 과장을 섞어 가면서 풀어 나갔다. 유진이 조선까지 다녀왔다는 이야기에 엘리제도 놀라움을 금치 못했다. 한창 이야기 보따리를 풀어 나가던 중, 1층에 있던 요한나가 2층의 언니를 향해 소리쳤다.

"언니! 나갈 준비 다 됐어. 이제 내려와!"

"그래, 알았어!"

"벌써 가?"

벌써 떠날 것이라곤 생각도 못했던 유진은 당혹스러웠다.

"아, 요한나랑 내가 예카테리나 양에게 레발 구경시켜 주기로 했거든. 걱정하지 마, 다시 돌아올 거니까. 오늘은 여기서 자고 갈 거야. 마침 프리츠도 리가(Riga)로 출장 가서 당분간 집에 없거든."

"아, 그래……. 그녀는 귀족이라지만 별로 까다롭지 않은 아가씨니까 함께 다녀도 괜찮을 거야. 아, 호기심이 엄청 강하니까 질문이 많아서 귀찮긴 하겠다."

그 말을 듣던 엘리제가 풋 하고 웃음을 터트렸다.

"왜 그래?"

"아니, 그녀에 대해서 엄청 잘 아는구나 싶어서. 많이 친하구나, 두 사람."

정곡을 찔린 유진은 아차 싶었지만 역공을 가했다.

"너만큼은 아니니까 걱정 마. 이제 애엄마 될 사람이 질투라도 하려고?"

"질투는 무슨. 그리고 아줌마 취급하지 마! 나 아직 스무 살밖에 안 됐거든."

엘리제가 삐친 것처럼 눈꼬리를 올리면서 말했다. 그녀의 말처럼 스무 살 아가씨의 젊음이 살아 있었고, 유진의 눈에는 더욱 예뻐 보였다.

"그러게 누가 일찍 결혼하래?"

"어휴, 뻔뻔하게 입 잘 놀리는 것 보니까 내가 아는 그 유진 맞네. 저녁 때 두고 보자. 그럼 다녀올게."

"그래, 잘 놀다 와."

유진은 멀어지는 그녀의 뒷모습을 보면서 상념에 잠겼다.

그는 자신도 모르게 한동안 멀리했던 담배를 입에 물고 불을 붙였다.

엘리자베트, 엘리제. 그녀는 유진이 가장 처음 접한

또래의 이성(異性)이었고, 지난 10년간 여동생이나 다름없는 존재였다.

유진에겐 어린 나이에 죽은 여동생이 있었고, 마찬가지로 엘리제에게는 어린 나이에 죽은 오빠가 있었기 때문에 두 남매는 곧 어색함을 깨고 친남매처럼 끈끈한 애정을 맺었다.

그런데 언제부터였을까, 유진은 그녀에게서 사랑이란 것을 처음 느꼈다. 그게 동생을 향한 오빠의 사랑인지, 여성을 향한 남성의 사랑인지 확실하진 않았다.

김나지움은 남자뿐이었고, 아는 여자라곤 방학 때 돌아와서 보는 엘름스호른 자매가 전부라곤 하지만 단순히 그런 것만은 아니었다. 말괄량이 같던 갈색머리의 소녀는 커 가면서 점차 아름답고 상냥한 아가씨로 성장했고, 유진은 그녀에게 우정과 동경, 사랑을 동시에 느꼈다. 하나도 즐겁지 않았던 기숙학교 시절 유일한 삶의 안식은 엘름스호른 가와 그리고 엘리제였다.

그러나 그 사랑인 것은 결코 드러낼 수 없는 것이었다.

피 한 방울 안 섞인 정도가 아니라 아예 인종이 달랐지만, 둘은 법적으로 남매였고, 유진은 그가 교육받은 이상 그 사랑에서 근친상간의 배덕감(背德感)을 느꼈다. 그는 쓸데없는 감정을 드러내 그녀도, 은인인 양부모도 곤란하게 하고 싶지 않았다. 그저 시간이 지나면 잊혀질 일시적인 감정이라 생각했다.

하나 막상 그녀가 19살의 완연히 성장한 처녀가 되고, 몇 살 위인 발트 독일인 청년과 약혼을 하게 되자 유진은 생각보다 그 감정이 강하다는 것을 알게 됐다.

이것이 당연한 귀결이고, 진심으로 축하해 줘야 한다고 머리는 인식하면서도 가슴은 그렇지가 못했다. 학기 중이더라도 꼭 결혼식에 오라는 당부에도 불구하고, 유진은 레발로 가는 배 대신에 저 멀리 지구 반대편 블라디보스토크까지 가는 배에 올랐다.

그것이 유진이 갑작스럽게 조선으로 떠나기로 한 이유였다.

원래부터 그는 친아버지의 유언에 따라 연해주와 조선의 동포들을 위해서 일할 생각이 있었지만, 그것은 대학을 졸업한 후의 계획이었다. 그런데 엘리제의 결혼은 충동적으로 그 계획을 앞당길 정도로 유진에게 심리적인 충격을 준 것이었다.

'글쎄, 돌이켜 보면 대체 내가 왜 그랬던 거지? 그땐

너무 어렸던 걸까.'

유진이 엘리제와 결혼한다거나, 이성으로써 사랑을 한다는 것은 그 스스로도 감히 상상도 못하던 일이었다. 다만 그녀의 결혼이, 이 러시아는 말할 것도 없고 엘름스호른 가도 그의 진정한 고향이 될 수 없다는 생각을 유진에게 준 것이었다.

어찌 되었건 유진은 자신이 러시아에선 그저 동양인이고, 엘름스호른 가에서도 진정한 가족은 아니라는 씁쓸함을 안겨 주었던 것이다. 물론 그것이 유진의 피해망상 내지 콤플렉스에 불과한 것이라는 건 본인도 어느 정도 인식하고 있었다. 1년이 지난 지금은 웃으면서 농담도 할 수 있지만.

"예카테리나 양, 정말 예쁘고 사랑스러운 아가씨더라. 귀족 가에서 자랐는데도 전혀 오만하지 않고, 예의바르고 교양 풍부하고. 좋은 교육 받고 자랐다는 게 티가 나더라. 네 말처럼 호기심이 엄청 강한데 이건 단점이 아니라 장점이지. 덕택에 나도 레발과 발트 지역의 역사를 다시 공부하느라 혼났어."

도시 관광을 마치고, 저녁식사 후에 유진과 단둘이 앉

은 엘리제는 예카테리나의 칭찬을 늘어놓았다. 그녀는 겨우 반나절 함께한 것뿐이지만 예카테리나가 정말로 마음에 들었다.

"똑똑한 아가씨지. 뭘 하든 훌륭한 사람이 될 거야."

"유진, 정말로 그녀에게 아무런 감정 없어? 한 집에 머무르면서도?"

엘리제는 유진의 감정을 고려하며 조심스럽게 물었다.

"그녀는…… 분명 매력 있지. 네 말처럼 예의바르고, 교양 풍부하고, 예쁘고 사랑스럽고."

"그래, 잘 아네. 그녀도 분명히 네게 좋은 감정을 품고 있어. 그렇지 않고서야 널 집으로 들이고, 여기까지 따라오겠어? 여행은 핑계야. 너랑 같이 가고 싶었던 것뿐이지."

"알아, 나도 안다고. 처음엔 당혹스러웠지만 이젠 익숙해졌어. 한데 말이야, 엘리제. 그건 일시적인 열병 같은 거야. 그녀의 인생에 한 번도 매력 있는 남자가 없었던 것뿐이지. 내가 사라지면 또 다른 사람에게 마음이 옮겨 갈 거야."

'어쩌면 나도 그런 것일지도 모르고.'

유진은 씁쓸하게 웃으면서 담배에 불을 붙였다.

"아니, 그걸 네가 어떻게 알아? 그녀랑 제대로 한번이라도 이야기 나눠 봤어?"

"처음부터 하지 않는 게 좋아. 그녀와 나는 태어나서 지금까지 살아온 세계가 너무 달라. 앞으로도 다를 거고."

"그녀가 귀족이라서? 무슨 문제야. 이번에 8등관이 됐다면서. 그럼 너도 이제 자랑스러운 러시아 제국의 귀족이 된 거잖아."

"하! 유서 깊은 폴란드 귀족가문과 귀족 사회의 끄트머리인 하급관료 8등 문관이 어떻게 같을 수가 있나."

자랑스러운 러시아 귀족 운운에 유진은 저도 모르게 냉소가 터져 나왔다.

"처음으로 네게 실망스러워, 유진. 언제부터 신분으로 벽을 갈라 놓은 거야? 사람이 사람을 좋아하는데 그게 뭐가 중요한데?"

"신분을 벽으로 갈라 놓은 사회는 러시아 제국이지, 내가 그렇게 한 게 아니야. 귀족사회의 관습이란 것도 내가 만든 것이 아니고."

정색하면서 말하는 엘리제를 보면서 유진도 정색을 했다.

'신분 차별도, 인종 차별도 경험해 보지 못한 그녀가 무엇을 알겠는가?'

"그리고 난 해야 할 일이 있어. 극동에 가서, 그리고 조선으로 가서 내 동포들을 위해 일할 거야. 앞으로 어떤 험난한 일이 닥칠지 몰라. 설령 내가 진심으로 사랑한다고 해도, 아니 사랑한다면 더더욱 데려갈 수 없어."

"그게 무슨 소리야? 조선으로 떠난다니? 작년에 다녀온 거 아니었어?"

깜짝 놀라는 엘리제를 보면서 유진은 괜한 말을 했나 싶었지만, 언젠가는 해야 할 말이었기에 말을 이어 나갔다.

"곧 떠나. 이번에 떠나면 당분간 언제 돌아올지 몰라. 이미 정식으로 근무 신청서 내놨어. 곧 프리모르스키로 발령 날 거야."

"도대체 이게 무슨 소리야…… 돌아온 지 얼마 안 됐는데 또 떠난다고? 대체 왜?"

"말했잖아. 내 동포들을 위해 일할 거라고. 물론 내게 벼슬과 훈장을 준 러시아를 위해서도 일해야겠지만……. 이건 돌아가신 내 친아버지의 뜻이기도 하고, 내가 품은 뜻이기도 해."

"이해가 잘 안 돼. 왜 그래야 하는데? 조선은 널 버린 나라잖아. 아버지께서 죄를 뒤집어쓰고 러시아로 온 거라면서. 그런 조선과 조선 사람들이 너를 위해 뭘 해 줬는데?"

엘리제는 진심으로 이해가 가지 않는다는 표정이었다.

"어쩌니저쩌니 해도 거긴 내 고향이고 내 조국이야. 그건 변치 않는 사실이지. 조선 사람이 조선을 위해 일하고 싶다는 건 당연한 거 아닌가?"

"아니지, 이제 네 조국은 러시아지. 어쨌건 네가 대학까지 나오고 관료로 채용된 건 러시아지 조선이 아니잖아!"

"너도 'Vaterland(조국)'의 의미 알잖아? 아버지의 나라. 내 조국은 조선일 수밖에 없어. 러시아는 내게 고마운 나라지만 조국일 순 없어, 엘리제. 너와 부모님의 조국이 독일이듯이 말이야. 이런 질문은 너무 유치한 것 같긴 한데……. 들어 봐. 재작년에 러시아와 독일 간에 전쟁 위기가 있었지? 다행히도 무사히 넘어갔지만. 만약 러시아와 독일이 전쟁을 했으면 너와 부모님은 어디를 지지했을 것 같아?"

유진의 갑작스러운 질문에 엘리제는 고개를 갸웃거렸다.

"음…… 난 독일인이지만 러시아에 살고 있으니까, 두 나라 모두 평화롭게 지내길 바라지. 절대로 전쟁하는 걸 보고 싶지도 않고. 근데 만약 두 나라가 전쟁을 벌인다면……. 그래도 마음은 독일 쪽으로 기울 거 같아."

"그래, 바로 그거야. 나도 마찬가지라고. 뭐 그럴 일은 절대 없길 바라지만, 만약 러시아가 조선을 침략한다면, 난 조선을 위해서 싸울 거야. 아니, 애초에 그런 일이 없게 막아야지."

"그거야 그렇지만…… 아버지께서도 독일로 돌아가지 않고 러시아에 정착하셨는걸. 아버진 지금도 비스마르크와 프로이센을 싫어하셔."

"나도 조선의 지배계층은 절대 좋아하지 않아. 그리고 사람마다 지향점은 다르니까. 그분에겐 그분의 삶의 방식이 있는 것이고, 내게는 나의 삶의 방식이 있는 거지."

유진의 논리에 어느 정도 설득은 됐지만, 그래도 엘리제는 완전히 그를 이해할 수는 없었다.

"좋아, 알겠어. 네 뜻이 그렇다면 그걸 어떻게 꺾겠어. 그게 네 삶의 목적이라면 그래야 하는 것이겠지."

"이해해 줘서 고마워, 엘리제."

"그래도 아직 다 이해가 된 거는 아니야. 네가 극동에 간다 할지라도, 예카테리나 양과 결혼할 수 있는 거잖아?"

엘리제의 거듭된 질문에 유진은 한숨을 쉬며 다시금 담배에 불을 붙였다.

"너무 나가는 거 아냐? 좋아, 뭐 그럴 일도 없겠지만, 그녀가 정말로 나와 결혼하고 싶다고 가정해 봐. 그런데 러시아 사람, 그것도 귀족가의 여인이 극동은 말할 것도 없고, 조선에서의 생활에 적응할 수 있을 것 같아? 도저히 감당할 수 없을 거야. 내가 조선으로 돌아가기로 한 시점에서 이건 더 이상 말할 것도 없어."

"아니, 도대체 그게 뭐가 문젠데? 사랑한다면 어디까지나 따라갈 수 있는 거 아냐? 아버지께서 15년 전에 해군을 퇴역하고 극동으로 떠날 때, 어머니께선 뭐 반대 안 하신 줄 알아? 그래도 함께 가셨잖아. 사랑한다면 어디든지 따라갈 수 있는 거라고. 왜 함께 인생을 개척할 생각은 안 하는 거야."

"두 분은 이미 결혼해서 애까지 있던 사이잖아……. 이쪽은 아무래도 상관없는 사이고. 설령 예카테리나가 그럴 생각이 있다 할지라도 절대 가족들이 허락하지 않을걸.”

“왜? 어째서? 신분 때문에?”

그녀의 순진함에 유진은 크게 한숨을 쉬었다.

“뭐 신분까진 아무래도 좋아. 귀족사회의 끄트머리라도 편입됐고, 향후 출세할 여지도 있으니까, 내가 러시아 청년이라면 그럴 수도 있지. 근데 우린 출신도, 인종도 달라. 피부 색깔을, 눈 색깔을 보라고. 내가 이 러시아에서, 그것도 귀족사회에서 축복받을 수 있다고 생각해?”

“정말……. 오늘 너무 실망스럽다. 여태껏 스스로를, 그리고 다른 사람들을 그런 식으로 규정해 왔어? 그럼 너와 나도 남매가 아닌 거야? 난 유진을 친오빠처럼, 우리 부모님은 친자식처럼 여겼어. 비록 피부 색깔, 머리 색깔, 눈 색깔이 모두 다를지라도!”

그녀의 말은 참으로 고마웠지만 유진은 냉엄한 현실을 지적하지 않을 수가 없었다.

“물론, 부모님과 너는 진심으로 나를 사랑해 줬지. 알아. 근데 세상 사람 모두가 그렇지 않아. 넌 몰라, 엘리제. 내가 지난 10년간 얼마나 알게 모르게 상처 받았는지. 그걸 반복하고 싶지 않고, 내 자식에게 물려주고 싶지도 않아. 반대로 조선 사람들이라고 서양인 혼혈을 좋아할 것 같아? 어느 쪽에서도 환영 받지 못해."

"물론…… 나는 잘 알지 못해. 하지만 반대로, 그런 사람들만 있는 게 아니잖아. 우리 가족이나, 예카테리나 양처럼 아무 편견 없이, 유진의 진정한 모습을 보고 사랑해 주는 사람들도 있잖아. 왜 그 생각은 못해?"

"똑같은 말 반복하지 말자. 그래, 좋아. 만약 내가 재작년에 네게 프러포즈 했으면, 넌 받아 줄 수 있었겠어?"

유진은 마침내 오랫동안 가슴속에만 담아두던 말을 꺼냈다.

"뭐? 진심으로 하는 말이야?"

"진심이었어, 그때는. 물론 내가 그럴 수 없었고 네가 받아들일 수도 없었다는 것도 알아."

"유진, 우린 남매야……. 넌 내 오빠라고."

그녀의 초록색 눈이 흔들리는 것을 보면서 유진은 정말 괜한 말을 했다고 후회가 됐다. 하나 이미 한번 쏟은 물은 주워 담을 수 없었다.

"피 한 방울 안 섞인 남매지. 아예 출신도 인종도 다른."

"날 그렇게 생각했었다고? 정말로?"

"언제부터인지는 모르겠지만, 그래. 내게 여자는 너뿐이었어."

"……."

엘리제가 말없이 고개를 숙였다.

어떻게 받아들여야 할지 전혀 모르는 것 같아 보였다. 유진은 자신의 입이 저주스러웠다.

"제길, 지나간 일을 뭐하러 들먹였는지 모르겠다. 난 이제 떠날 거고 넌 이제 애엄마인데. 다 부질 없는 이야기야. 잊어 줘, 오늘 일은. 그냥 한 여름 밤의 꿈 정도로만 생각해."

유진은 담배를 지져 끄고 자리에서 일어섰다.

"구질구질한 이야기를 너무 오래했다. 미안해. 그럼 나 들어가서 잘게. 너도 쉬어."

유진이 눈동자를 살짝 적신 눈물을 보이지 않으려고 뒤돌아서서 가려는 찰나, 엘리제가 일어나 그를 뒤에서 껴안았다.

"엘리제?"

"미안, 몰랐어……. 네가 날 그렇게 생각하는 줄은. 네 마음을 전혀 몰라 줘서 미안해."

그녀의 눈물이 끌어안은 그의 등을 조금씩 적시는 것을 깨달은 유진은 당혹스러웠다.

"미안해하지 마. 그리고 잊으라니까. 다 지나간 일일 뿐이야."

"네 마음을 그때도, 지금은 더더욱 보답해 줄 수 없어. 그래도 알지? 내가 그럴 수 없는 것은, 무슨 인종이나 신분 때문에서가 아니라 우리가 남매라서 그랬다는 거."

"알아, 애초에 내가 미친 거지. 넌 아무 잘못 없어. 그러니까 울지 말라고."

"난 네가 과거에 얽매이지 않았으면 좋겠어. 나 때문에, 혹은 돌아가신 네 아버지 때문에 극동으로 돌아가려는 거라면 그만둬. 네가 미래를 위해 살아야지, 과거를 위해 사는 건 원치 않아."

유진은 등을 돌리고, 울먹이는 그녀의 양어깨를 붙잡았다.

"엘리제, 이거 하나는 알아 줬으면 해. 내가 여기에 온 것은, 그리고 네게 이 말을 한 것은…… 과거와 작별하기 위해서야. 내가 극동에, 조선에 가려는 것은 너 때문이나 아버지의 유언 때문이 아냐. 내가 그러고 싶어서야. 난 이곳에선 그저 이방인일 뿐이지만, 조선 사람들에겐 내가 지금껏 보고 배운 것을 훨씬 유용하게 사용할 수 있어. 이 나라는 갈 길이 멀지만, 조선은 더더욱 갈 길이 멀어. 조선은 바뀌어야 해. 안 그러면 살아남지 못해. 나는 거기에 기여하려는 거야. 난 먼 미래를 보고 있어. 지금과는 다른 세상을……. 그 미래를 위해 일하려는 거야. 그러니까 걱정하지 마."

유진은 너무 많은 말을 했다는 생각을 지울 수 없었지만, 그래도 마음은 시원했다.

이제 그녀에게 할 말을 모두 했으니 후회 없이 과거와 작별을 고하리라. 유진은 처음이자 마지막으로, 엘리제를 연인처럼 강하게 끌어안고 키스했다.

* * *

유진은 씁쓸한 마음으로 엘름스호른 가와 이별을 고했다.

아직 엘리제 말고는 그가 멀리 떠날 것이라고 이야기하진 않아서, 곧 다시 만나길 바란다는 양부모의 말에 유진은 양심에 가책을 받았다.

모든 사정을 알고 있는 엘리제는 애조 띈 얼굴로 그를 배웅했다. 어쩌면 이번이 마지막이 될 수도 있다는 생각에 유진은 괜히 울적해졌다.

시간은 하루하루 지나가서 4월 1일, 유진은 정식으로 러시아 제국의 8등관으로 임용되었다.

칙임(勅任) 8등 문관 유리 알렉산드로비치 김. 외무부 아시아국 소속. 우수리스크 지방 이주민 문제 전권위원.

정식으로 사령장(辭令狀)을 받아 8등 문관의 제복을 입은 유진은 기묘한 기분이었다.

자신이 설마하니 러시아 제국의 관리가 될 것이라고는 생각지도 못한 일이었다. 자신의 목표를 향한 중간 과정이라 생각하면서도, 무언가 불편한 옷을 걸친 느낌이었다.

'제복은 그럴싸하군.'

외무부 제복은 관리들도 선망할 만큼 멋있고 깔끔했다. 거기에다 목에는 성 블라디미르 4등 훈장, 그리고 8등 문관 진급자가 받게 되는 성 안나 3등 훈장을 왼쪽 가슴에 달고 '성 안나의 팔' 이라고 불리는 성 안나 훈장 수여자들에게 하사되는 샤브르까지 패검(佩劍)하자 영락

없는 러시아 중견 관리였다.

"와, 멋있어! 잘 어울려, 외젠!"

"고마워, 카챠."

예카테리나는 박수를 치면서 찬사를 표했다. 레발에 다녀온 이후, 그녀하고는 부쩍 더 가까워지고 있었다. 예카테리나와는 이제 서로 말을 놓고 '너(Tu)' 라고 부르는 사이가 되었다. 유진은 그녀와의 관계가 가까워진 것은 기쁘지만, 그가 엘리제에게 본심을 드러낸 것처럼 더 이상 그녀와 관계를 깊게 맺을 생각은 없는 만큼 앞으로 어떻게 대할지 혼돈스러웠다.

"외젠, 외젠. 이제 높은 사람 된 거예요? 예전 우리 아버지만큼?"

제복 입은 유진의 모습을 예카테리나의 여동생 안나는 더 좋아했다. 아무래도 10살밖에 안 된 어린아이답게 제복 입은 사람은 다 멋져 보이는 모양이었다.

"아니, 난 그냥 일개 관리에 불과해. 너희 아버님은 제국대학 교수셨고."

알렉세이 미하일로프스키는 전(前) 정치범이었지만, 만주어 연구로 성과를 내서 특별히 제국대학 교수로 채용되어 7등 문관에 임용되었다. 물론 러시아와 차르에 대한 충성을 맹세하고 친 러시아파가 된 대가이기도 했다.

"자, 그럼…… 다녀오겠습니다."

남작 부인에게 인사를 하면서, 유진은 더욱 야릇한 느낌이었다.

마치 이래서야 꼭 처가에서 직장으로 첫 출근하는 새신랑 같지 않은가. 쓸데없는 생각이라고 스스로를 탓했지만, 모양새가 그래 보이는 건 어쩔 수 없었다.

외무부에 도착한 유진은 외무차관과의 면회를 기다렸다. 소속은 외무부지만, 이곳에서 근무하는 것이 아니라 곧 극동으로 떠날 예정이라 그에게 행정 지침을 받아야 했다.

"8등 문관 유리 알렉산드로비치 김, 외무차관 각하를 뵙습니다."

"음, 알다시피 난 외무차관 겸 아시아국장을 맡고 있는 2등 문관 니콜라이 기르스일세. 자네에 대해선 황공하옵게도 폐하를 통해서도, 그리고 6등 문관 카를 베베르에게도 들은 바 있네. 두뇌가 명석하고 동양 정세에 매우 해박하다면서."

긴 수염을 기르고 있는 60세의 노인은 저음의 목소리로 유진을 치하했다. 그러나 그것이 칭찬이 아니라 빈정거림임을 유진은 직감했다. 차관의 눈에는 벼락출세한 동양인에 대한 경멸감이 어려 있었던 것이다.

"과찬이십니다. 저는 그저 이제 막 관문에 들어선 애송이에 불과합니다."

기르스는 병석으로 누워 있는 외무장관 고르차코프 공작을 대리해서 사실상 외무장관이나 다름없었고, 러시아제국 전반의 외교정책을 총괄하는 위치에 있었다. 그에게 밉보여서 좋을 것은 하나도 없었다.

"자네가 폐하께 청원한, 극동 이주민 문제에 대한 계획서는 나도 읽었네. 폐하께서는 깊은 관심을 보이시고 이를 승인하셨으나, 책임을 맡고 있는 나로선 이 문제에 대해서 몇 가지 보완을 하지 않을 수가 없네."

차관은 차르의 명을 마지못해 수행하는 것이었다.

유진의 잠재적인 능력에 대해선 높이 평가할 만해도, 벼락출세한 애송이에 불과한 그에게 너무 큰 권한이 주어졌다고 생각했다. 차르가 승인한 이상 반대할 수 없지만, 어디로 튈지 모르는 야생마 같은 이 동양인에게 최대한 고삐를 물릴 생각이었다.

"말씀해 주십시오."

차관은 서류철에 꽂혀 있는 문서 한 장을 유진에게 건넸다.

"읽어 보게."

우리는 러시아의 황량한 영토에 인구가 늘어나고 있다는 사실에 기뻐하지 않을 수가 없다. 더욱이 근면성실함과 농업에 대한 애착으로 향후 이 지역에 굳건한 삶의 기반을 마련할 수 있다는 희망을 주고 있는 조선 사람들이 이곳에 정착하는 것은 매우 기쁜 일이다. 하지만 조선인들이 국경 주변에 정착하게 될 경우 우리는 불편함을 겪을 수도 있으며 이웃해 있는 조선 정부로부터 오해를 살 수 있는 여지가 크다. 위대한 황제 폐하께서는 지방 당국을 위해 조선인 이주자들을 국경에서 멀리 떨어진 곳에 정착시키는 방안에 대해 일정한 규칙을 정해 주는 것이 바람직하다는 것을 인정하실 것이다.

— 러시아 외무부 아시아국장 스트레모우호프(Стремоухов)가 동시베리아 군정지사 시넬니코프(Синелъников)에게 보낸 서한, 1870. 1.9

"이 문서가 작성된 것이 벌써 11년 전 일이네. 하지만 아직도 고려인 이주민 정책은 확고하게 자리 잡힌 게 없어. 여기 써져 있는 것처럼 일부는 아무르 강 이북에 정착시켰지만, 대부분은 그냥 주민들이 원하는 대로 조선 국경 근처에다 마을을 이루는 것을 허용하고 있지. 이것만으로도 조선 조정과는 분쟁의 여지가 있는 것이네."

차관은 기침을 한 번 하더니, 말을 이어 나갔다.

"그들을 러시아의 행정체계로 끌어들여서 농토를 분배하고 교육시키는 건 좋아. 아니, 이것도 우려의 여지가 있네. 지금도 조선에서 이주민을 몰려오는데 그 숫자가 계속 늘어나면 어떻게 되겠나? 그런데 그들을 훈련시키고 무장시키라고? 만약 그렇게 되면 조선에서 어떻게 받아들일 것 같나? 가뜩이나 그들은 러시아 제국을 경계하는데, 우리가 그들의 탈주자들을 무장시켜 침략의 선봉으로 쓸 것이라는 오해를 하지 않겠나? 우리의 극동 정책은 첫째도 안정, 둘째도 안정이야. 나는 쓸데없이 조선 조정을 자극하고 싶지 않네."

"각하, 각하의 지적은 타당하십니다. 하나 이 문제에 대해선, 두 가지를 고려해 봐야 합니다. 첫째는 극동

일대의 방위 문제입니다. 조선은 경계해야 할 적이 아니지만, 청나라는 극동 영토 할양에 대해 후회하고 있습니다. 그들은 언제든지 국경을 재조정하고 싶어 할 것입니다. 둘째로 현재 극동, 특히 프리모르스키—연해주—의 인구가 희박한 상황에서 고려인 이주민의 존재는 매우 귀중합니다. 그들은 조선 출신이라고는 하지만 이 시점에선 조선인이 아니라고 판단해야 합니다. 그들은 연해주의 토지를 비옥하게 하고 있고, 그들이 생산하는 곡식이 인구를 부양한다는 점을 감안하면 절대로 없어서는 안 될 존재입니다. 이들을 위협하는 유일한 적은 중국 국경 너머 홍호자인데, 이들은 국경을 넘어 기동전을 벌이기에 정규군이 상대하기가 매우 어렵습니다. 주민들로 구성된 비정규군을 구성하여 방위를 시켜야 합니다. 조선 조정에 대해서는, 미리 양해를 구한다면 그들도 거부감을 드러내진 않을 겁니다. 마적에게 시달리는 것은 두만강 너머 그들도 마찬가지이기 때문입니다."

"과연 말은 잘하는군. 자네 주장이 논리적이라는 건 인정하지. 그런데 나는 이 계획에 자네의 사심(私心)이 들어가 있다고 의심하지 않을 수가 없어. 그곳은 자네 고향이고, 자네 동포들이 사는 곳이 아닌가? 자네의 계획이 러시아 제국을 위해서인지, 자네 동포들을 위해서인지 분명히 하게."

차관의 의심은 정곡을 찌른 것이었다. 고려인들을 무장시키는 것은 사적인 욕망도 있다는 것을 유진은 부정할 수 없었다. 그의 계획에 따르면, 그들은 장기적인 조선 변혁의 모체가 될 집단이었던 것이다.

"솔직히 말씀드려서 둘 다입니다, 각하. 제 동포들을 위해서 하는 일이기도 하고, 러시아 제국을 위해서도 하는 일이기 때문입니다. 저는 이 두 가지가 충분히 조화될 수 있으리라 생각하지, 대비되는 것이라 생각하지 않습니다."

유진은 매우 겸손하게 차관에게 고했다. 차관은 그 말을 썩 나쁘지 않게 받아들인 모양이었다.

"솔직해서 좋군. 잘만 이루어진다면 자네 계획은 나쁘지 않아. 솔직히 말해서 현 시점에선 조선 조정의 항의 따위는 대국적인 문제에 견주면 아무것도 아니니까. 다만 그들이 정식으로 서양 각국과 수교를 한다면, 이야기가 달라지네. 그렇게 되면 우린 그들의 입장을 고려하지 않을 수가 없으니. 자네는 작년에 조선에 입국하기도 했고, 베베르의 말에 따르면 조선 국왕의 사절을 자처하기도 했지. 조선 내부의 사정은 어떤가? 자네 장담대로 곧 수교를 하리라 보나?"

"거의 확정적입니다. 작년에 미국의 제안을 거절했다고는 하지만, 내부 조율에 시간이 걸리는 것입니다. 문호개방을 향한 조선 국왕의 뜻은 확고하다고 봅니다. 작년에 러시아에 비공식적으로 사절을 파견한 것을 보면, 러시아에 대해서도 꼭 비우호적인 것은 아닙니다. 향후 1—2년 내로 수교는 이루어질 것입니다."

"좋아. 자네는 임지에 도착하면 조선과의 수교 가능성에 대해서도 계속 탐지해야 하네. 천진 주재 영사로 파견될 베베르도 비슷한 일을 하게 될 거야. 청의 북양대신 이홍장이 러시아를 막을 목적으로 조선과 서양 국가들과의 교섭을 주선하고 있다는 정보가 들어왔거든…….
그렇다면 우린 청을 거치지 않고 조선에 직접 수교를 청해야 하네. 조선이 청에 대해 의존적이냐, 아니면 그 의존을 거부하느냐에 따라 우리에 대한 태도가 달라지겠지."

"지금까지 조선은 청에게 외교 일체를 위임해 왔습니다만, 그것은 어디까지나 편의의 문제였습니다. 막상 국제 외교무대에 등장하게 된다면, 청의 주선과 개입을 좋아할 리가 없습니다. 러시아는 자주와 독립에 대한 조선의 희망을 만족시켜 주어야 합니다."

"자주와 독립이라. 맞아, 조선의 독립은 반드시 필요하네. 우리의 대 조선 전략의 핵심은 한반도가 열강이나 주변 국가에 복속되지 않는 것을 전제하네. 프리모르스키 지역은 자네가 말한 것처럼 조선 이주민과 조선과의 육로무역에 꽤 많은 것을 의존하고 있어. 만약 조선이 독립을 상실한다면, 조선을 차지한 주체가 누가 되었건 러시아에겐 매우 위협적이네. 러시아 위협론을 강조하면서 청이나 일본, 혹은 영국이 조선을 '보호' 하겠다고 나서는 것은 최악이지. 그래서 우린 가급적 조선 문제에 개입하길 꺼려 왔던 거야. 쓸데없는 소문이 나는 걸 방지하기 위해서. 알겠나? 우리의 극동정책 제1기조는 현상유지야. 그걸 명심하도록."

유진은 흔히 의심되는 것처럼 러시아가 조선에 대해 공격적인 전략을 취하지 않는다는 것, 조선의 독립을 지지한다는 차관의 말에 내심 안도했으나, 현상유지를 목표로 한다는 소극적인 입장에는 수정이 필요하다고 봤다. 하나 유진은 더 이상 토를 달지 않기로 했다.

"각하의 지침, 반드시 명심하겠습니다."

"그래. 말귀가 밝아 다행이군. 자네가 남부 우수리 이주민 문제 전권위원이라고 되어 있는데, 전권(全權)이라고 해서 아무거나 마음대로 해도 된다는 건 아냐. 반드시 현지 군정부와 긴밀한 협조를 구하고, 외교 문제는 반드시 외무부의 훈령을 받고 움직일 것. 이것도 명심하길 바라네."

"명심, 또 명심하겠습니다."

"좋아. 이건 빤한 말이지만 다시 한 번 하는 수밖에 없겠군. 이제 자네는 러시아 제국의 이익을 위해 일하는 외교관이야. 이걸 언제나 잊지 말고 가슴 속에 담아 두게. 자네의 행동수칙 1조는 어디까지나 러시아 제국의 국익, 그것 하나뿐이라는걸."

기르스는 아직도 못 미더운지 거듭 강조하자, 유진은 고개를 숙이며 긍정의 표시를 취했다. 그는 가급적 러시아의 이익, 조선 동포의 이익을 조화시킬 생각이었지만 막상 양자택일의 순간이 온다면, 어떻게 할까……?

* * *

유진은 극동 부임을 앞에 두고 이런저런 준비를 하고 있었다.

연해주 전체의 이주민 정책을 책임지고 있는 부세와 조선과의 수교 문제를 협의할 베베르 모두 안면이 있다는 사실이 일처리를 편하게 했다. 그들은 고려인 이주민 사회의 발전과 조선과의 수교라는 두 가지 임무를 가지고 있는 유진의 직속상관이었다.

“저, 실례합니다. 여기 유리 알렉산드로비치 김이란 조선 분이 계신가요?”

어느 날 서류를 정리하던 유진은 미하일로프스키 저택을 찾아온 방문자의 목소리를 듣고 저도 모르게 발걸음이 움직여졌다. 문법은 정확하지만 독특한 발음의 러시아어는 자신의 그것과 비슷했던 것이다.

“예, 그게 접니다. 조선 분이시죠?”

유진은 자신도 모르게 조선말이 튀어나왔다. 지난 반년간 거의 사용하지 않은 모국어였다.

그곳에는 오랜만에 만나는 그리운 동포의 모습이 있었다. 검은 머리에 검은 눈, 순박한 얼굴, 버드나무 같이 여려 보이는 몸은 이곳 페테르부르크에선 찾아볼 수 없는 것이었다.

"네, 조선 사람입니다. 선생님이 유리 알렉산드로비치 이신가요?"

"제가 김유진입니다. 크로운 제독님께 이야기 들은 그 분이로군요. 정말이지 세상 반대편인 이곳에서 동포를 만나게 될 줄은 몰랐는데……. 정말 반갑습니다."

러시아식 수인사가 아니라 조선식으로 인사를 주고받으면서 둘은 진심으로 기뻐했다.

그도 그럴 것이 이 페테르부르크에서 조선 사람이라고는 이 둘뿐이었던 것이다.

"저도요. 부활절 휴일을 맞아서 제독님께 인사드리러 갔다가 선생님을 직접 뵐 수 있다고 이야기를 들어서 얼마나 반가웠는지 몰라요. 아, 전 알렉산드라 세묘노브나 보프로바라고 합니다. 바실리예프—오스트로프 고등여학교에 재학 중이에요."

"고등학생이군요. 아, 혹시 조선 이름은 어떻게 되시는지요?"

러시아식 이름을 썩 좋아하지 않는 유진이 원래 이름을 묻자 여인의 웃는 표정이 지워졌다.

"여자가, 더군다나 양반도 아닌데 이름이 어디 있나요. 성은 박 씨였습니다."

"아, 실례했습니다."

유진은 아차 싶었다. 조선은 모든 신분의 사람이 다 성을 가지고 있는 문화와 달리 양민 이하의 집안에서 여자 아이에게 이름을 제대로 지어 주는 풍습이 없었던 것이다. 막둥이, 간난이 이런 식의 이름이었고, 결혼하면 자기 고향 이름을 따서 함흥댁, 평양댁 이런 식으로 부르는 식이었다.

"외젠, 손님을 그대로 서 있게만 할거야? 응접실로 모시도록 해야지."

"내 정신 좀 봐. 그래야지."

예카테리나는 아나스타샤를 시켜 그들을 응접실로 안내하고 홍차를 내놓은 뒤 자리를 비우자, 조선 여인은 유진에게 조심스럽게 물었다.

"아름다운 분이네요. 부인이신가요?"

"네?!"

그 놀라운 착각에 유진은 마시던 홍차를 뱉을 뻔했다.

"아니에요. 신세지고 있는 이 댁의 따님입니다."

"아, 그렇군요……."

그녀는 고개를 갸우뚱했다.

조선 풍습은 말할 것도 없고, 러시아에서도 미혼 여성

의 집에 신세를 지는 것을 잘 이해를 못한 것이었다. 더군다나 두 사람은 스스럼없이 편한 호칭으로 반말까지 하고 있지 않은가.

"실례지만 알렉산드라 양은 나이가 어떻게 되시는지요?"

유진은 화제를 돌렸다. 조선 사람의 풍습은 제일 먼저 이름을 묻고, 그다음에는 나이를 묻는 관례였다.

"열일곱, 아니지, 조선 나이로는 열아홉입니다. 선생님께서는요?"

"조선 나이로는 스물넷입니다. 그러니까 선생님이라고 부르기엔 좀……."

"벼슬도 받으셨고, 저보다 5년이나 먼저 태어나셨으니 선생님이시죠. 아, 혹시 실례가 된 건가요? 나리라고 부르기엔 좀 어색해서 그랬는데."

"나리라니요, 그럼 그냥 선생이라고 부르세요."

유진은 그 조선식 높임법에 화들짝 놀랐다.

마찬가지로 5살 어린 예카테리나와는 그저 애칭으로 부르는 사이였다. 이름으로 부르는 서양식 문화에 익숙해진 유진은 관계에 따라 복잡한 조선의 호칭이 익숙하지 않았다.

"선생님 이야기는 많이 들었어요. 황제 폐하를 구한 제국의 영웅이라고요. 조선 사람 최초로 제국 대학에 들어간 분이기도 하고요. 선생님은 우리 조선 사람의 자랑이에요. 연해주의 우리 동포들도 기뻐할 거예요."

동포 여인의 극찬에 유진은 손사래를 쳤다.

"그냥 우연에 행운이 겹친 일인데…… 과분할 정도로 칭송을 받아서 민망할 따름이죠. 덕택에 연해주의 우리 동포들을 위해서 일할 수 있는 직책을 얻게 되었으니 잘된 일이라 생각합니다."

"아, 그러신가요? 그럼 연해주로 돌아가시나요?"

"네, 곧 연해주로 떠납니다. 돌아가서 할 일이 아주 많아요. 특히 제가 가장 신경 쓰는 건 교육인데……. 우리 동포들이 성공하는 가장 좋은 방법은 역시 교육입니다. 조선 사람들 교육열은 알아주니까요. 알렉산드라 양의 사례는 조선 여인들의 모범이라 생각합니다. 교육에는 귀천도, 성별도 없어야 하거든요."

"별말씀을요. 저야 그저 운이 좋았을 뿐이죠."

"저도 운이 좋았죠. 그럼 우리가 그동안 얼마나 운이 좋았는지, 혹은 어떻게 고생했는지를 이야기해 볼까요?"

유진과 알렉산드라는 지난 일을 이야기하면서 깊은 동

질감을 느꼈다.

두 사람 모두 연해주로 이주해서 불행히도 고아가 되었지만, 운 좋게도 좋은 양부모를 만나 교육을 받아 번듯한 위치로 성장한 것이었다. 물론 그 과정에선 유진이 그랬던 것처럼 완전히 다른 사회에 적응할 수 있을 때까지 뼈를 깎는 노력과 고통이 수반된 것이었다. 말로 표현하진 않았지만, 그녀도 혼자 다른 피부색과 눈을 가졌기 때문에 적지 않은 정체성의 혼란과 따돌림을 당했을 터였다.

"저는 러시아에 감사하게 생각해요. 제가 이렇게 제국의 수도인 페테르부르크까지 와서 장학금을 받으며 교육을 받게 된 건 다 양부모님, 대부인 크로운 제독님, 그리고 황제 폐하의 은혜 덕이죠. 제가 조선에 살았으면 어떻게 됐겠어요? 지금쯤 부모님이 정해 준 대로 아무 남자한테나 시집을 가서, 벌써 애 낳는 기계처럼 애만 몇 명 낳고 죽느니만 못한 삶을 살고 있었겠죠."

똑같이 '황제 폐하의 은혜'를 받고도 배은망덕하게도 급진주의 물을 잔뜩 먹어서 러시아 제국에 대해 비판적인 유진과 달리 그녀는 진심으로 감사하는 것처럼 보였다.

유진은 절반 정도는 그녀의 말이 맞다고 생각했다. 대기근 때 국경을 넘어 이주해 왔다면 모르긴 몰라도 그녀의 출신 성분은 조선에서도 제일 변두리인 육진의 하층민 출신일 터였다.

조선에서도, 심지어 러시아에서도 하층민 여성이 여기까지 교육을 받는다는 것은 상상도 못할 일이었으나, 그녀는 행운과 재능, 노력이 겹쳐 당당히 여기까지 올라선 것이었다.

"그러니까 더더욱 우리 동포들에게 제대로 된 교육이 필요로 합니다. 하지만 이제 우리처럼 특별한 행운에 의존해서 교육받아선 안 되지요. 이번에 연해주에 가면 두 가지는 확실하게 정비를 할 생각이에요. 귀천과 성별을 가리지 않고 모든 아이들에게 동등한 보통 교육을, 그리고 지역 방위를 위해 모든 남성에게 군사 훈련을 하려 합니다. 제 생각에 신분을 넘어서 동등한 국민을 창출하는 두 가지는 역시 서유럽에서 그렇게 하듯 교육과 병역이에요. 연해주를 러시아의 모범, 그리고 조선의 모범으로 만들 겁니다. 연해주의 실험이 성공한다면 조선에서도 변화가 없을 수가 없겠지요."

"정말 좋은 생각이에요. 선생님께서 그토록 큰 행운을

얻었는데 그것을 동포들을 위해 쓴다고 하시니 아주 훌륭하신 분이군요."

유진의 계획에 알렉산드라가 솔직한 찬사를 보냈다. 그녀의 눈에는 이 똑똑하고 훤칠한 동포 젊은이가 더없이 든든해 보였다.

"알렉산드라 양은 곧 졸업을 하죠? 졸업하면 뭘 하고 싶나요?"

"네, 7월에 졸업 시험을 봐요. 사실 전 주말마다 전 독일인 가정에서 가정교사도 하고 있거든요. 생활비 정도는 제가 벌어서 양부모님께 최대한 폐를 덜 끼치려고요. 천사 같은 아이들을 가르치면서 졸업하면 막연히 교사가 돼서 아이들을 가르치고 싶다고 생각했는데, 선생님의 이야기를 듣고 나니까 더욱 그러고 싶어요. 전에는 어떻게든 이 아름다운 페테르부르크에서 살고 싶다고 생각했는데, 저도 연해주로 돌아가서 조선 아이들을 위해 제가 배운 것들을 가르치고 싶네요."

"정말이신가요? 학교를 세우려면 역시 교사 인력 확보가 제일 시급하다고 생각했는데, 알렉산드라 양이 그래 준다면 저야 너무 고맙죠."

진심어린 동포의 말에 유진은 정말로 기뻤다.

"그럼요. 선생님이 연해주에서 우리 조선 아이들을 위한 학교를 만들게 되면, 꼭 저를 교사로 불러 주세요. 제가 그럴 만한 자격이 있는지는 모르겠지만."

"자격은 충분하고도 남습니다. 뭐 저야말로 지방 행정에 대한 자격이 있기나 하나요. 작년 이맘때까지만 해도 그냥 일개 대학생이었는데."

이야기꽃을 피우다 보니 어느덧 알렉산드라가 가정교사 일을 가야 할 시간이었다. 그녀는 오랜만에 만난 동포와 헤어지기 아쉬워하며 물었다.

"그럼 언제 극동으로 다시 돌아가시는 건가요?"

"블라디보스토크로 떠나는 배가 5월에 있습니다. 제가 7월 15일까지는 임지에 부임해야 하니까, 그 배를 타야 제 시간에 도착하겠죠."

"얼마 안 남았네요. 돌아가시기 전에 또 뵙고 싶은데, 제가 학기 중에다가 하필 졸업시험까지 앞두고 있어서 여유가 될지 모르겠네요."

아쉬워하는 동포 여인을 보면서 유진은 그녀를 다독였다.

"알렉산드라 양이 연해주로 오게 되면 자주 보게 될 텐데요. 저 신경 쓰지 마시고 학업에 충실하세요. 이번에 졸업 못하면 더 늦어질 거 아니겠어요? 꼭 합격해서 다시 만납시다."

"네, 반드시. 꼭 다시 뵙게 될 날을 기다릴게요."

알렉산드라는 유진이 악수를 위해 내민 손을 맞잡으면서 미래를 기약했다.

*　　　*　　　*

"외젠, 많이 즐거웠나 봐. 난 조선어는 전혀 모르지만, 웃음이 떠나갈 줄을 모르더라고."

알렉산드라를 배웅하고 나서도 여전히 미소가 떠나지 않는 유진을 보면서 예카테리나가 마치 질투하듯이 눈을 흘겼다.

"응, 당연하지. 나로선 거의 반년 만에 만난 동포인걸. 이 페테르부르크에서는 처음 봤고. 고향 사람과 오랜만에 모국어로 대화하니까 당연히 즐겁지."

"하긴 그렇겠다. 나 외젠이 조선말로 대화하는 거 처음 봤어. 조선말 생각보다 되게 부드럽더라. 약간 좀 밋밋한 감도 있지만, 듣기 좋았어. 네가 워낙 러시아어랑 독일어를 잘하니까 조선 사람이란 걸 잊어버렸나 봐. 너무 신선했어."

예카테리나의 솔직한 언어 비평에 유진도 평상시 생각하던 바를 말했다.

"카챠의 프랑스어야말로 듣기 좋지. 나랑 달리 발음도 정말 깨끗하고. 카챠야말로 러시아어랑 프랑스어는 따로 배운 거잖아. 모국어는 폴란드어고."

"그야 프랑스어는 학교에서 제일 먼저 배우는 언어고, 폴란드어랑 러시아어는 큰 차이도 없는걸. 쉽게 배울 수 있어. 나한테 폴란드어 배워 볼래? 외젠이라면 금방 배울걸."

"고마운 제안이긴 한데, 카챠가 나한테 먼저 조선말 배우면 그러도록 할게. 일본어도 조금 할 줄 알잖아? 조선어가 일본어나 중국어보다는 쉬울걸."

유진은 그녀와 처음 만났을 때 일본어로 인사를 했던 것을 기억했다.

"일본어 못해. 일본 외교관한테서 인사말 정도만 배운 거지. 발음은 좀 쉽지만 읽지는 못하겠더라. 무슨 문자를 자기네 고유 문자, 가나라고 하던가? 암튼 그것도 충분히 복잡한데 왜 한자도 같이 쓰냐고. 한자는 전혀 모르는데."

"조선 문자는 쉽지. 흔히 언문(言文)이라고 하는데, 우리말을 글자로 표현한 거야. 원리가 아주 쉬워서 문자는 하루면 배울 수 있어."

"그래? 그럼 조선은 중국과 다른 문자를 국어로 써?"

"공식적으로는 한문을 써. 나도 이런 좋은 글자 놔두고 왜 한문을 공식 문자로 쓰는지 이해가 안 돼."

유진은 어렸을 때 아버지에게 한문과 언문을 동시에 배우면서 왜 이런 쉬운 언문을 놔두고 한문으로 의사소통을 하는지 이해가 안 되었다.

"아, 알 것 같다. 폴란드에서도 17세기까지 귀족들은 폴란드어 놔두고 라틴어를 공용어로 썼어. 그거랑 비슷한 심리 아닐까?"

"폴란드도 그래? 하긴, 멀리 갈 거 없이 러시아만 봐도 귀족들은 프랑스어를 공용어로 쓰잖아. 지배 계급의 구분 짓기겠지, 뭐."

유진은 냉소적으로 말했다. 그는 폴란드나 러시아 귀족이든, 조선 양반이든 일반 백성에게는 어려운 많은 시간이 필요한 언어 공부를 통해 지식 권력을 독점하려는 수단이라고 생각했다.

"나라를 근대화하려면 제일 먼저 해야 할 일이 국어와

국사를 교육하는 건데, 조선의 양반 나리들은 그럴 생각이 없겠지. 망할 양반 놈들은 조선 역사보다 중국 역사를 더 열심히 공부하니. 내가 이번에 극동으로 돌아가서 학교를 세우면 아이들에겐 반드시 언문으로 조선 역사를 공부시킬 거야……."

"그게 무슨 소리야? 극동으로 돌아간다니?"

유진의 말허리를 예카테리나가 끊었다.

그녀의 깜짝 놀란 표정을 보면서 유진은 왜 자신은 가끔씩 말이 생각보다 빨리 나오는지 한심해졌다.

모국어라면 안 그럴 텐데, 외국어는 말할 때마다 문법과 단어가 정확한지 머릿속으로 일일이 신경 쓰다가 가끔씩 생각이 말을 못 따라가는 것이었다.

"미리 이야기하지 못한 건 정말 미안해. 나 이번에 8등 문관으로 채용되면서 임지가 극동 프리모르스키로 발령 났어."

"아니, 그런 이야기를 왜 지금에야 하는 거야. 언제 가는데?"

"7월 15일까지 임지로 가야 하니까 5월에는 출발해야 해."

"뭐? 얼마 안 남았잖아! 왜 미리 이야기 안 했어? 내가 그런 것도 사후통보 받을 정도로 너하고 남남인 사이야?"

'그럼 무슨 사이인데?'

라고 말하는 것은 너무나 실례일 것 같아 차마 입 밖으로는 내지 못하고, 유진은 조용히 이것은 차르의 명령이라고 강조하고 예카테리나의 화가 풀릴 때까지 기다렸다.

"그래, 관료가 된 이상 폐하의 명령이라면 할 수 없겠지……. 그럼 몇 년 기한이야?"

"기약 없어."

"그 벽지(僻地)와도 같은 극동에 기약 없이 가는 거라고? 그럼 사실상 추방이나 다름없잖아? 아니, 왜 폐하의 생명을 구한 공로자에게 그런 벌이나 다름없는 명령을 내린 거야?"

예카테리나가 동양과 미지의 세계에 대한 관심이 있다고는 하지만 그녀의 인식 속에서 극동 러시아는 사실상 유배자들이나 가는 극한의 땅이나 다름없었다.

실제로 러시아에서 우랄 산맥 동쪽은 이주조차 가지 않으려는 거의 버려진 땅이었다. 연해주 지역을 합병한 지 20년이 지났는데도 러시아 이주민이 1만 명을 넘기지 못한다는 것이 그것을 방증했다. 더욱이 그녀는 아버지가 정치범으로 극동 지역에서 유배 생활을 했으니 그 인상이 말할 것도 없었다.

"그래, 틀림없어. 외젠의 갑작스러운 출세를 시기한 외무부 관료들이 장난을 친 걸 거야. 극동으로 쫓아내서 못 돌아오게 하려고. 외젠, 폐하께 진정서를 올려 봐. 설마 은인인 외젠의 청을 거절하시겠어? 반드시 페테르부르크에서 좋은 자리를 주실 거야."

그녀의 순진하기 짝이 없는 설득에 유진은 한숨을 흘렸다.

결국 이제 진실을 고백할 시간이 된 것이다.

"카챠, 이건 내가 직접 폐하께 청원을 올린 거야. 극동으로 가기로 한 건 어디까지나 내 선택이야."

"그게 무슨 소리야? 네가 왜?"

그녀는 정말로 이해가 가지 않는 듯한 표정이었다. 생각해 보면 엘리제의 첫 반응도 그랬다.

"카챠, 네가 벽지라고 생각하는 그 연해주는 내 고향이야. 내 동포들이 사는 지역이고. 그곳에 내가 돌아가는 것은 당연하지 않겠어?"

"음, 벽지라고 말한 건 네 고향을 깎아 내리려고 한

건 아냐."

"알아. 사실 이 페테르부르크랑 비교하면 거긴 벽지 맞지. 제대로 된 인프라도 없고, 문화 시설은 아무것도 없고."

"그래, 아무리 고향이라지만 왜 그런 곳에 가고 싶어 하는데? 상트페테르부르크가 좋지 않아? 난 바르샤바랑 비교해도 페테르부르크가 더 좋은걸. 하물며 극동이라면야……."

"좋고 나쁘고의 문제가 아냐. 해야 할 일이지."

"왜 그게 외젠이 해야 할 일인데?"

"브 나로드 운동이라고 알지? 그거랑 비슷하다고 생각하면 이해하기 쉬울 거야. 어려운 환경에 있는 내 동포들을 위해 내 지식과 경험을 쓰고 싶어."

"외젠이 얼마나 동포들을 아끼는지, 어려운 사람들을 위해 봉사하려는 마음도 알겠어. 그 겸손하고 따뜻한 마음이 외젠의 매력인걸. 근데 꼭 그래야 돼? 네 양부모님도 여기 있잖아. 그분들은 외젠이 멀리 떠나길 원치 않을 거야. 나도 그렇고. 안 가면 안 돼?"

지금껏 간접적으로는 마음을 표현했어도 예카테리나가 직접적으로 감정을 드러낸 것은 처음이었다.

그녀는 두 손을 모으고 커다란 푸른 눈망울로 그를 올려다보았다. 새삼 보아도 너무나 매력적인 그녀의 모습에 유진은 잠시 흔들렸지만, 곧 마음을 다잡았다.

"Et mon bureau(그럼 내 직장은 어쩌고)?"

"Que(뭐)?"

러시아어로 말하던 유진이 갑자기 프랑스어로 뜬금없는 소리를 하자 예카테리나가 황당해서 되물었다.

"아르튀르 랭보(Arthur Rimbaud)의 시 '니나의 대답'의 마지막 구절인데, 남녀가 바뀌긴 했지만 이 경우에 해당되는 말 같아서."

"아, 랭보……. 그 프랑스 시인? 정말 외젠은 모르는 게 없어. 근데 갑자기 그건 왜?"

예카테리나는 마치 백과사전과도 같은 유진의 지식에 찬탄을 표하면서도 의문을 표했다.

"생각을 해 봐, 카챠. 조선은 내 조국이고 연해주는 내 고향이야. 그런데 그곳을 버리라고? 안 돼, 그럴 순 없어. 난 내가 가진 지식과 경험을 내 동포들을 위해 사용해야 해."

'내가 여기 더 있어 봤자 궁정의 어릿광대밖에 더 되겠어?'

유진은 동포에 대한 의무감과 더불어 이곳에 남아 봤자 자신은 무력감만 느끼리라 생각했다. 페테르부르크에선 흔한 8등 문관일 뿐이지만 동포들에겐 반드시 꼭 필요한 존재일 터였다.

"조국이 그렇게 중요해? 사랑, 부, 명예, 그 모든 것보다도?"

"어느 한쪽을 저울에 올릴 수는 없어. 하지만 조국도 중요해."

유진의 단호한 태도에 예카테리나는 결국 화가 나고야 말았다.

좀 배웠다는 남자란 존재들은 왜 그렇게 조국이니 민중이니 하는 것에 집착하는지 이해가 안 되었던 것이다.

"내 아버지도 네 나이 때는 그랬어. 조국 폴란드에 미쳤었지! 근데 그 결과가 뭐야? 자신을 나락에 빠트리고, 가족들까지 고통스럽게 했어. 조국이 그렇게 소중해? 사랑보다도?"

어린 시절 아버지의 부재와 무능력이 그녀와 어머니에게 얼마나 큰 상처가 됐는지 예카테리나는 똑똑히 기억하고 있었다.

처자식도 버리고 가망성도 없었던 폴란드 독립 투쟁에

뛰어들었다가, 멀리 시베리아까지 유배를 가서 고생하지 않았던가? 결국 자신의 대의를 배신하고 차르와 러시아에게 충성을 맹세할 거면서, 또 그것 때문에 죄책감을 느끼고 살면서 애초에 그런 멍청한 짓을 왜 했단 말인가?

"사랑이여, 그대를 위해서라면 내 목숨을 바치리. 그러나 사랑이여, 조국이 원한다면 내 그대마저 바치리."

"하아? 이번에 또 뭔데?"

"헝가리 시인 페퇴피(Sándor Petöfi)가 1848년 혁명에 참여하면서 연인에게 한 말. 그리고 헝가리 혁명에 개입한 러시아군에 맞서 싸우다 26살에 죽었지."

유진의 장황한 인용에, 그리고 그걸 마치 전범(典範)으로 삼는 듯한 태도에 예카테리나는 기가 막혔다.

"아우 진짜…… 정말 잘났다, 잘났어. 그래서 뭐? 너도 26살에 죽고 싶어?"

"미안해, 카챠. 솔직히 말할게. 난 너를 책임질 수 없어."

유진의 짧지만 단호한 말에 예카테리나는 충격을 받았다. 그녀는 자신도 모르게 목소리가 높아졌다.

"이 바보, 머저리, 멍텅구리야! 누가 책임져 달래? 그냥 서로 좋아하면 되는 일 아니야? 그게 그렇게 어려워?"

"카챠, 세상은 절대 사랑만으로 이뤄지지 않아. 그런 게 가능하면 천국이겠지."

"내가 뭐 연애소설만 읽은 머리 빈 귀족 여자앤 줄 알아? 나도 알아. 그래도 네가 좋은 걸 어떡하라고!"

"네가 아직 인생을 덜 살아 봐서 그래. 시간이 지나면 나보다 훨씬 훌륭한, 너한테 격이 맞는 남자를 만나게 될걸……."

그녀의 고백을 들으면서도 유진은 아직도 이해가 되지 않았다.

대체 유서 깊은 귀족 가문에서 태어난 총명하고 아름다운 아가씨가 왜 극동에서 온 떠돌이나 다름없는 자신을 좋아하는지 이해를 못했다. 그 마음은 정말로 소중하고 고마웠지만, 경험보다는 책을 통해 접한 지식이 더 많은 유진이 생각하기엔 꿈 많은 10대 소녀에게 열병처럼 찾아오는 일시적인 현상으로만 느껴졌던 것이다.

유진은 그녀에게 걸맞는, 훨씬 가문 좋고 인물 훌륭한 러시아 청년을 만나면 자연스럽게 해소될 문제라고 결론을 내렸다.

"됐어, 이 멍청아! 정말 너한테 실망했어. 다신 너랑 이야기 안 할 거야!"

여자 마음이라고는 눈꼽만큼도 모르는 유진의 설교에 예카테리나는 화가 머리끝까지 났다.

'……미안해, 그래도 어쩔 수 없어.'

멀어져 가는 예카테리나의 뒷모습을 보면서 유진은 한숨을 흘렸지만, 어쩔 수 없이 한번은 겪어야 할 일이었다.

'너를 좋아하지 않은 것은 아냐. 넌 나한테는 과분할 정도로 훌륭한 아가씨지. 그래서 더욱 더 안 돼.'

분명 예카테리나는 아름답고, 총명하고, 교양 있고, 호기심 넓고, 이해심 많은 훌륭한 아가씨였다. 마음이 가지 않을 수가 없었다. 그래서 관계를 청산하지도, 진전시키지도 못하고 엉거주춤하게 이 집에 눌러앉은 것이었다.

그러나 엘리제에게 속내를 드러낸 것처럼, 더더욱 그렇기 때문에 예카테리나에게 자신이 걸어야 할 가시밭길을 걷게 하고 싶지 않았다. 그녀에게 어울리는 자리는 페테르부르크의 저택이지, 극동의 농촌이 아니었던 것이다.

"외젠, 외젠."

예카테리나의 여동생 안나가 유진이 앉은 탁자 너머로 얼굴을 빼꼼 내밀었다. 10살인 그녀는 예카테리나를 2/3로 줄인 것같이 꼭 닮은 귀여운 여자아이였다. 그녀가 어렸을 때에 꼭 이런 모습이었으리란 생각에 절로 웃음이 나왔다.

"왜 그러니, 우리 안누쉬카('작은 안나'란 뜻으로 애칭)?

"언니랑 싸웠죠?"

아이의 허를 찔린 질문에 유진은 순순히 그렇게 답할 수밖에 없었다.

"……응."

"언니 화 많이 났어요. 언니가 평상시엔 착하지만 고집이 엄청 세서 한 번 화나면 잘 안 풀어요. 그러니까 이유가 뭐가 됐건 빨리 사과하고 화 풀어 주도록 해요."

"내가 네 언니에게 상처를 줬는데, 사과한다고 카챠가 나를 용서해 줄까?"

"그건 외젠과 언니한테 달린 거지, 나는 모르죠."

유진의 우문에 어린 안나가 현답을 내놓았다.

"그래, 네 말이 맞다."

"난 분명히 말했어요. 꼭 화를 풀어 줘야 되요, 알았죠? 안 그러면 나까지 언니의 히스테리에 시달리고 말걸요."

할 말을 다 하고 쪼르르 돌아가는 유진은 쓴웃음을 지었다. 어린아이에게 훈계를 당할 정도로 자신이 어리석은 행동을 했다는 것이리라.

오히려 예카테리나가 자신을 용서할 수 없어서, 잊어버리게 된다면 차라리 나을지도 몰랐다.

'그녀에게는 그게 나을 거야.'

유진은 마침내 이 집을, 그리고 상트페테르부르크를 떠날 때가 왔다는 것을 깨달았다.

생각해 보면 다사다난한 석 달이었다. 겨우 석 달 사이에 얼마나 많은 일이 있었던가?

유진이 자기 방으로 들어가 책을 제외하면 많지 않은 짐을 정리하는 참에, 누군가 문 밖에서 문을 두드렸다.

"무슈, 아나스타샤입니다. 들어가도 될까요?"

"아, 그럼요. 들어오세요."

조심스레 문을 열고 들어온 아나스타샤는 짐을 정리하는 유진을 보고 놀랐다.

"짐을 정리하고 계셨어요? 그럼 저를 부르시지 않고."

"아뇨, 별로 대단한 것도 없는데. 무슨 일로?"

"마님께서 무슈와 하실 말씀이 있으시다는 군요."

"남작 부인께서요?"

유진은 의외라고 생각했다.

마리아 부인이 유진을 따로 부른 적은 거의 없었다. 어차피 집을 떠나면 감사의 인사라도 드려야 하니, 유진은 아나스타샤의 뒤를 따랐다. 조용히 그를 안내하던 아나스타샤가 작정한 듯이 입을 열었다.

"무슈."

"네?"

"감히 아랫사람인 제가 할 말은 아닙니다만……. 아가씨의 마음을 풀어 주실 생각은 없는 건가요?"

의외의 말에 유진은 웃음을 흘렸다.

"확실히 당신이 할 말은 아니군요."

"무례를 용서하세요. 전 단지……."

"아니, 이건 신분의 문제가 아니라, 당신은 제삼자니까요. 혹시 그녀가 무슨 말을 하던가요?"

아나스타샤는 고개를 저었다.

“내색은 안 하셨지만, 제가 그분을 꼬마 시절부터 모신 지가 벌써 10년인데 어찌 모르겠나요. 아가씨는 자존심이 강한 분입니다. 그분이 누군가에게 그토록 호감을 드러낸 건 무슈가 처음이었어요.”

“나도 고맙게 생각합니다. 그녀의 호의는 잊지 못할 거예요.”

“전 아가씨께서 행복하시길 바랍니다. 참 좋은 분이거든요. ……제가 드릴 말씀은 여기까지입니다.”

“그녀가 행복하길 바라는 건 나도 마찬가지예요. 그래서 더욱 안 되는 겁니다.”

아나스타샤는 한숨을 내쉬더니, 부인의 방문을 조심스럽게 두드렸다.

“마님, 무슈 김을 모시고 왔습니다.”

“응, 안으로 모시렴.”

마리아는 책을 읽고 있던 중이었는지, 쓰고 있던 안경을 조심스럽게 내려놨다.

“안녕하십니까, 남작 부인.”

“네. 무슈 김도 평안하죠?”

아나스타샤가 차를 내놓는 동안, 침묵이 두 사람 사이를 가로막았다.

"고마워, 아나스타샤. 그럼 가서 쉬도록 해."

충실한 하녀는 조용히 인사를 하고 부인의 방에서 물러났다.

"무슈 김이 우리 집에 머문 지 한 달 정도 됐는데, 이렇게 단둘이 이야기해 보는 건 처음이네요. 아, 차 식기 전에 드세요."

유진은 그 말에 찻잔을 들어 한 모금을 마셨다.

"남작 부인, 혹시 들으셨는지 모르겠습니다만, 제가 이번에 극동으로 발령이 났습니다. 하여 그동안 신세를 진 이 댁을 떠날까 합니다. 그간 베풀어 주신 은혜에 어떻게 감사드려야 할지 모르겠습니다."

"그래요, 떠나는군요. 당신은 재능 있고 성실한 젊은이니까, 앞으로도 관운(官運)이 틀 거라 믿어요."

"감사합니다."

홍차 한 잔을 다 마시는 동안, 더 이야기는 없었다. 유진은 어색함을 견딜 수가 없었다.

"한잔 더 해요."

"네."

마리아는 주전자를 기울여 유진의 잔에 가득 홍차를 담았다.

"우리 카챠가…… 무슈 김을 많이 난처하게 했지요?"

"아뇨, 그 무슨 말씀을."

부인의 말에 유진은 화들짝 들고 있던 찻잔을 탁자 위에 내려놓았다. 그 모습에 그녀는 가볍게 미소 지었다.

"실례를 무릅쓰고 솔직히 말할게요. 카챠가 무슈를 데려왔을 때, 많이 놀랐어요. 이런 일은 한 번도 없었거든요. 당신도 알겠지만 카챠 나이면 결혼을 고민할 때예요. 작년에 스몰니를 졸업하고, 이런 저런 제안이 들어왔지만 아직 상중(喪中)이란 이유로 모두 거절을 했지요. 남작께서 돌아가신 지 얼마 안 됐으니까 모두 납득할 만한 이유였죠. 하지만 내가 보기엔 그런 것도 있지만 아무도 그 아이의 성에 안 차서 그런 것이에요. 난 그 아이가 보통의 여자애답지 못하게 동양문화에 관심을 가지는 것도 그러려니 했어요. 그 애 아버지가 그랬으니까……. 카챠가 아버지를 잘 따랐거든요. 그래서 난 카챠가 당신을 데려온 것을 그 '관심'의 연장선이라 생각했지요. 원래대로라면 당신이 이 집에 머무르는 것을 절대 허락할 일이 아니었을 거예요. 소위 '명예'가 걸린 문제니까."

"……."

작정한 듯 이야기를 푸는 마리아의 이야기를 유진은 조용히 경청했다.

"무슈, 당신은 내가 생각했던 거보다 훨씬 선량하고 겸손한 젊은이더군요. 당신의 행운에 대해서 너무 부담감을 가질 것도, 책임감을 가질 것도 없어요. 그건 당신의 성실함에 대한 보답 같은 것이니까. 카챠도 당신의 그런 면에 호감을 느꼈을 거예요. 이 페테르부르크의 러시아 청년들 사이에선 쉽게 볼 수 없는 성격이니까요. 그래서 난 당신에 대한 생각을 수정했어요. 카챠가 당신에게 호감을 가진 건 특이한 동양인이라서가 아니라, 정말로 그 아이의 마음에 들었구나, 라는 것을. 알지 모르겠지만, 우리 폴란드 사람들은 고집이 매우 세답니다. 한번 정한 일은 바꾸려 하지 않아요. 그런데 당신이 그 아이의 마음을 걷어찼더군요."

"남작 부인, 정말 죄송합니다. 그건 그녀가 부족해서가 아니라, 제게 너무 과분해서……."

마리아의 마무리에 유진은 바로 머리를 숙이며 사과했다. 그 모습에 그녀는 웃음을 흘렸다.

"역시 당신은 정말 좋은 사람이에요, 무슈. 힐난하려는 것이 아니에요. 오해하지 말아 줬으면 좋겠군요. 난 당신에게 고맙게 생각해요. 당신은 젊은이답지 않게 세상을 바라보는 눈이 굉장히 냉철하더군요. 카챠가 당신에게 어울리지 않는다는 게 아니에요. 신분이나 인종의 문제도 아닙니다. 단지 당신과 카챠는 살아온 세상도, 앞으로 살아갈 세상도 달라요. 내 딸이라서가 하는 소리가 아니라, 그 아이는 참 포용력도 넓고 세상에 대한 이해심도 높죠. 하지만 어디까지나 그 아이도 온실 속의 화초 같은 존재예요. 페테르부르크와 스몰니라는 작은 세계 속에서 살아왔죠. 당신의 이상은 높고, 지향하려는 길은 쭉 뻗어 있겠죠. 그 길을 카챠가 동행하는 것은 쉽지 않을 거라고 판단한 당신의 결단을 높이 평가해요."

그녀의 말 한마디, 한마디는 딸에 대한 애정이 담겨 있었다.

"이해해 주셔서 감사합니다, 남작 부인."

"카챠가 아버지에 대해서 이야기했죠? 그래요, 그는 평탄하지 않은 인생을 보내고 많지 않은 나이에 세상을 떠났답니다. 이제 막 평화와 행복을 누리려던 시기였는데……."

그녀의 눈은 과거에 대한 그리움과 회환으로 촉촉이 젖었다.

"알렉세이의 젊은 시절은 험난했어요. 나는 조국의 독립이라는 대의에 뛰어든 그의 선택에 대해 탓할 생각은 없어요. 하나 그에게는 처자식이 있었죠. 자신의 선택이 가족들에게도 가시밭길을 예고할 것이라는 걸 깨달았을 때, 그는 그때서야 후회를 했어요. 그러나 그 후회는 이미 늦었죠. 우리의 고생이라고 할 건 없어요. 더 열악하고, 더 끔찍한 운명을 맞이한 폴란드 사람들은 훨씬 많았으니까……. 그래도 남편을 기다리는, 자식을 키우는 어미 입장에선 충분히 고통스러웠어요. 그는 그 망쳐 버린 세월을 회복하기 위해 원치 않은 행동까지 해야 했답니다. 이 페테르부르크에서 정착하기 위해, 예전의 대의와는 정반대로 철저한 친 러시아 인사가 돼 버렸죠. 옛 동지들은 변절자라고 비난했겠죠. 러시아인들은 진심으로 그를 신뢰하지 않았을 테고. 그는 이러지도 저러지도 못한 마음을 끝까지 버리지 못했어요. 그가 만주어와 동양 문화에 병적으로 집착한 것도 그런 현실에서 도피하기 위함이었어요. 결국 그 연구 성과로 번듯한 교수 자리와 7등 문관의 관등도 얻었지만, 그는 어떤 것에서도 진정한 행복을 느끼지 못했어요. 그런 남편을 보는 부인의 심정을, 현명한 당신은 이해할 수 있겠죠? 나는 당신이 그런 실수를 반복하지 않기를, 그리고 내 딸이 나의 불행을 반복하지 않기를 바랍니다."

마리아의 기나긴 회고를 유진은 차가 완전히 식을 때까지 묵묵히 듣기만 했다.

그녀가 무슨 말을 하고 싶은지, 어떤 심정인지를 그는 완전히 이해했다. 남편을 걱정했고, 지금은 오직 자식들만을 걱정하는 지어미의 마음을 어떻게 모르겠는가.

"부인의 말씀, 잘 알겠습니다. 진솔한 말씀 감사합니다."

"이해해줘서 고마워요. 무슈 김의 앞날에 행운이 깃들기를, 그리고 소망하는 바를 반드시 이루길 바랄게요."

"감사합니다. 부디 부인과 예카테리나 알렉세예브나, 그리고 꼬마 안누쉬카에게도 행운이 있기를 바랍니다."

* * *

미하일로프스키 가와 작별을 고하고 숙소를 시내의 호텔로 옮긴 유진은 출항까지 얼마 안 남은 시간을 바쁘게 보냈다.

놀랍게도 차르의 포상은 이걸로 끝이 아니었다. 러시

아 제국은행의 이름으로 발행된 10만 루블의 수표를 그의 명의로 보냈던 것이다. 놀라 자빠질 정도의 금액이었다. 8등 문관으로 받는 연봉 480루블만으로도 생활하기에 지장이 없는 수준이었다.

그런데 그 급료의 200년 치가 넘었던 것이다. 그야말로 일확천금이었다. 유진은 차르의 통 큰 선물에 솔직히 감사하지 않을 수가 없었다.

유진에게 특별히 하사한 10만 루블은 공금이 아니라 개인적인 포상으로 준 돈이었지만, 유진은 그 정도 거액의 돈을 함부로 쓸 생각이 없었다.

어차피 극동으로 가서 개인적으로 크게 쓸 돈도 없었다.

그는 함께 블라디보스토크로 갈 부세와 협의해서 연해주에 필요한 물품을 구매했다. 비상식량과 농사용 종자들, 기계 설비들, 부족한 의료품 등이었다.

물론 유진도 완전한 천사는 아니라서, 극동에서 무역선을 운용한 양아버지의 조언을 받아 중국과 일본에 판매할 유용한 무역품들에 대한 구매도 진행하고 있었다. 그러고도 돈은 턱없이 많이 남아 있었다.

그는 차체에 새로 편성된 러시아와 극동을 잇는 의용

함대(Dobroflot)를 움직여서, 연해주를 중심으로 일본과 중국, 그리고 조선으로 이어질 해상 교역루트를 구상해 보았다. 생각이 거기에 미치자 유진은 아예 장거리 항해가 가능한 기선(汽船) 구매에 대해 고려했다.

하나 장거리 항해가 가능한 1천 톤급 기선을 구매하려도 최소 20만 루블이라 유진이 가진 돈으로도 어림없는 일이었다. 배를 산다고 해도 그것을 운용할 비용은 별개의 문제였다.

'기선이라는 게 이렇게 비싼 거였구나. 10만 루블이란 거액을 받아도 소용없다니…….'

대신 그는 1878년에 성립된 의용함대 위원회에 3만 루블을 투자했다.

성립 초기라 만성적인 적자에 시달리는 위원회는 유진의 투자를 크게 환영했다. 해군부와 재무부의 후원을 받는다지만 기본적으로 의용함대는 주주의 투자에 크게 의존하고 있었다. 주주가 거의 다 페테르부르크 거주자였기 때문에, 이제 유진은 극동 지역 거주자에 한정할 경우 제1주주가 된 셈이었다. 이 투자는 앞으로 유용하게 사용할 수 있을 터였다.

그리고 유진은 육군부의 정식 허가를 받아 베르당

(Berdan) 소총 1,000정과 탄약 10만 발, 암스트롱 대포 2문, 개틀링 기관총 4문도 배에 실을 수 있었다. 이는 유진이 구상하는 대로 새로 신설될 이주민 방위군에 사용될 무기였다.

"유리 알렉산드로비치, 추진력이 보통이 아니구려. 학자보다 행정가로써 더 재능이 있었군."

"박사님께선 언제나 저를 과대평가하시는군요."

"아니, 천만에. 이제 프리모르스키는 당신이 있음, 믿을 만하오."

이주민 문제에 대해 유진의 직속상관이 될 표도르 부세가 혀를 내둘렀다. 자신이 극동에서 이래저래 요구하던 것들이 유진에 의해 한 번에 해결된 것이었다.

"다 폐하의 은덕이지요."

솔직히 말해서 차르의 승인이 없었더라면 몇 년이 지나도 해결되지 않을 문제였다.

그래도 일처리가 빨라진 것은, 그가 담당자인 관료들에게 적당히 기름칠을 해 가면서 차르가 준 돈을 아끼지 않고 뿌려서였다.

극동 행 선박에는 천진 주재 영사로 임명된 5등 문관 카를 베베르도 있었다.

외무부 아시아국의 베테랑인 그는 향후 추진될 조선과의 수교 문제에 대해서 상당한 권한을 부여받은 인물이었다. 외무부에선 그가 유진의 직속상관이었다.

“중국어나 한문은 좀 하지만, 조선어에 대해선 내가 아는 바가 없으니 이번 항해 기간에 유리 알렉산드로비치에게 좀 배워야겠소. 배워 두면 유용하게 사용하리라 생각하오.”

“좋은 생각이십니다. 카를 이바노비치[베베르]께선 동양어에 조예가 깊으시니까, 조선어도 금방 배우실 겁니다.”

유진은 안 그래도 남는 시간을 이용해 러시아어—조선어—한자 소사전을 만드는 중으로, 자신이 아는 단어를 가능한 총동원해서 작업하고 있었다.

조선어에 익숙하지 않은 독자를 위해 앞에는 한글 자모와 철자법에 대해 정리했다. 정식으로 학문으로의 조선어를 배운 건 아니지만, 동양학부를 다니면서 언어학에 대해 약간의 조예를 가지게 된 유진은 제 나름의 방식대로 사전을 만드는 중이었다. 물론 정식 연구에 의한 사전에 비하면 조악하기 짝이 없는 것이었지만, 1874년에 출판된 최초의 러시아—조선어 사전을 참조해 가며 꼼꼼히 작성해 나갔다.

유진은 차르 외에도 블라디미르 대공이 황실 대표로 보낸 1만 루블의 수표를 받았다. 역시 생각지도 못한 거액에 정중히 거절할까 했으나, 오히려 거절하는 것이 무의미한 행동이었다.

대부호인 대공에게 1만 루블쯤이야 아무것도 아닐 터였다. 유진은 이 돈의 사용에 대해 잠시 고민하다가, 레발의 양부모에게 보내기로 결정했다.

꼭 돈으로 보상하려는 것이라기보단, 그것이 자신이 할 수 있는 최소한의 도리라고 생각이 들어서였다. 그는 극동으로 떠나는 이유와 그동안의 은혜에 대한 감사를 표하는 장문의 편지를 쓰고, 수표 1만 루블을 동봉해서 봉투를 깊게 봉했다. 부부의 풍족한 노후와, 막내 요한나의 결혼 자금으로도 충분하고도 남을 돈이었다.

유진은 엘리제에게도 편지를 쓰려다가 결국 찢어 버렸다. 어차피 그녀에게 할 말은 다 한 셈이었다. 더 말을 더해 봤자 무의미한 언어의 부유물이 될 거란 생각에 그만두었다.

이외에도 유진은 1만 루블을 모교인 상트페테르부르크 제국대학 동양학부에 기증했다. 향후 신설될 조선학 과정에 필요한 자금 및 장학금으로 쓰길 바라는 취지에서였다. 부세가 말한 대로 조선학 강사가 되진 않았지만, 앞으로 그 길을 여는 데 보탬이 되기 위해서였다. 그리고 자신을 지금껏 장학금을 줘 가며 교육시킨 학교에 대한 보은의 의미였다.

소소한 일처리는 모두 끝났지만, 유진은 한 가지 마음이 걸리는 일이 남아 있었다.

남는 시간을 이용해 사전을 집필하는 이유 중의 하나는 그것 때문이었다. 원래 이 사전의 독자는 한 사람만을 상정하고 만든 것이었다.

유진은 예카테리나가 자신에게 베푼 호의를 돈으로 갚을 생각이 없었다.

오히려 그러는 것은 그녀에 대한 실례로 느껴졌다. 그는 자신의 정성을 담아 그녀에게 사전 원고를 선물할 생각이었다. 동양학에 관심이 있는 그녀의 공부에 도움이 될 수 있도록, 그리고 이 사전을 통해서나마 자신이 기억되길 바라서였다.

출항을 앞두고 대충 원고를 마무리 지은 그는 인쇄업자에게 최소한의 분량을 최대한 빨리 뽑아 달라고 부탁했다. 자비 출판이라 대금을 모두 치르자 인쇄는 신속했다. 그는 몇 부는 외무부 아시아국과 페테르부르크 대학 동양학부로 보내고, 나머지는 연해주의 학교에 쓰일 용도로 선박에 실었다. 직접 친필로 서문을 단 한 부는 탈린의 양부모 댁으로, 한 부는 특별히 포장해서 미하일로프스카야 남작가로 보냈다.

친애하는 예카테리나 알렉세예브나!

당신이 나에게 베푼 호의를 상처로 돌려준 것을 용서해 달라고는 하지 않겠습니다.

내가 한 말과 행동에 대해서 어떤 변명도 할 생각은 없습니다.

단지 나는 앞으로 당신의 인생이 미래를 바라보길 바라고, 무엇보다 행복하기를 바랍니다.

부족하나마 제가 쓴 사전을 당신에게 드립니다.

이 사전이 당신의 삶에 조금이라도 도움이 되길 바라는 마음입니다.

마지막으로 내가 좋아하는 소설의 부분을 인용할게요.

당신도 알다시피, 나는 말재주가 없어서 중요할 땐 늘 인용만 하고는 하잖아요.

"모두에게 그 이야기를 전해 줘. 다가올 미래는 너무도 눈부시게 빛나고 더없이 아름답다고 말이야.

미래를 사랑하라고! 미래를 향해 돌진하고, 미래를 위해 일하라고! 미래를 앞당기라고!

미래에 이루어질 것을 가능한 한 많이 현재로 가져오라고! ”

우정을 담아, 외젠.

유진은 마침내 페테르부르크에서 해야 할 일이 대충 마무리 됐다는 생각에 짧은 성취감을 느꼈다. 길게 기지개를 편 그는 이제 과거의 일은 뒤로 미뤄 두고, 앞으로 연해주에서 있을 미래의 일만 생각할 참이었다.

5월 10일, 마침내 출항일이 다가왔다. 유진은 마지막으로 적재한 화물을 확인하고, 새 출발을 하게 될 항구로 갔다. 벌써 1년 사이에 세 번째 대항해였지만, 이번은 느낌이 특별했다.

항구에는 레발에서 온 가족들이 마중을 나왔다. 유진의 장도(長途)를 축하하러 일부러 온 것이었다.

“유진, 너는 언제나 우리의 아들이다. 너의 마음씀씀이는 평생 잊지 않으마. 언제가 되었든 유럽으로 돌아오게 된다면 꼭 우리 집으로 오너라. 언제든 널 환영할 테니까."

"무심한 것, 이제 겨우 돌아왔나 싶더니만 다시 떠나다니……."

어머니 헬가는 눈물마저 보였다. 알렉산더도 표정으로는 드러나지 않았지만 많이 안타까워하는 눈치였다. 유진은 가슴이 찡했다.

"언젠가 반드시 돌아올게요. 제가 목표한 바를 이루게 되는 날이 온다면요."

유진은 이어서 막내 동생에게 말했다.

"요한나, 부모님 잘 모시고. 꼭 좋은 남자랑 결혼하길 바라. 결혼식 가지 못할 것 같아서 미안하다."

"고마워, 유진. 근데 난 언니처럼 일찍 결혼할 생각은 없거든. 할 수만 있다면 유진이 준 돈으로 나도 80일간의 세계 일주나 해 보고 싶은데."

"얘가! 18살이나 먹고서 철없는 소리를."

"농담, 농담이죠. 걱정 마세요. 저는 유진처럼 두 분 놔두고 멀리 떠날 생각 없으니까."

유진은 요한나의 농담에 함께 웃었다.

결국 엘리제는 오직 않았지만, 아쉬운 마음은 들지 않았다. 그녀와는, 아니 과거의 자신과는 레발에서 영영 작별을 고한 것이었다. 다음에 다시 만나게 되면 웃는 모습으로 만나게 될 테니까. 그녀의 아이에게도 인사를 하고.

유진은 그들이 진심으로 고마웠다.

그들이 자신을 거두지 않았다면, 가족의 품으로 끌어안지 않았다면 자신은 어떤 인생을 살았을지 상상조차 되지 않았다. 그들은 영원히 잊을 수 없는 그의 가족들이었다.

"유리 알렉산드로비치! 30분 뒤면 출항합니다."

"아, 그래요. 곧 올라가겠습니다."

"그래, 아쉽지만 이만 헤어져야겠구나. 어서 올라가거라."

"네, 다시 뵙겠습니다. 그때까지 모두 건강하세요."

유진은 혹시나 싶어서 누군가의 방문을 기다리고 있었던 것이었다. 그는 덧없는 미련이란 생각에 쓴웃음을 짓고 배에 올라타려는 차에, 문득 마지막 미련을 갖고 고개를 돌렸다. 그리고 그의 시야에는 저 멀리 낯익은 금발의 소녀가 보였다.

"예카테리나……."

유진은 한달음에 그녀를 향해 달려갔지만, 예카테리나

는 그녀답지 않은 슬픈 표정을 짓고 서 있었다.

"아……."

예카테리나는 유진이 보낸 사전을 들고 있었다. 그녀는 두 손으로 책을 들어서, 키가 큰 그에게 올려서 주는 자세를 취했다.

'그래, 그럴 만도 하지……. 뭐가 좋다고 이걸 받고 싶겠어.'

이것으로 그녀와의 인연은 완전히 끝일 터였다. 어쩌면 쓸데없이 미련을 남겨 두는 것보다 이런 식으로 확실하게 이별을 고하는 게 그녀와 자신을 위해 모두 좋은 일일지도 몰랐다.

유진은 씁쓸하게 자조하면서, 혹여나 감정을 드러내지 않으려고 고개를 숙이면서 그녀가 내미는 책을 받으려 했다.

그리고 그녀는 그대로 사전을 들어서 유진의 머리를 확 내려쳤다.

"……?!"

갑작스러운 격통에도 유진은 맞은 머리보다 이 상황이 더 당황스러웠다.

"외젠, 학교 다닐 때 선생님한테서 이런 식으로 많이

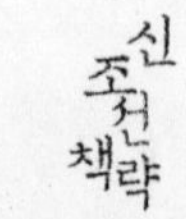

맞아 봤지? 진짜 한 대 쳐 주지 않으면 직성이 안 풀릴 것 같아서 말이야.”

예카테리나는 친절하면서도 어딘가 말괄량이 소녀 같은 그 매력적인 미소를 되찾고 있었다.

“여전하구나, 카챠.”

“그럼, 내가 언제까지 질질 짤 줄 알았어? 아니, 처음부터 그런 적은 없어. 그냥 한 대 갈겨 줘야겠다고 쭉 생각하고 있었지. 와, 치고 나니까 진짜 시원하네. 이래서 선생들이 학교폭력을 하는 거구나. 아무튼, 나를 너무 우습게 보지 말라고요, 유리 알렉산드로비치. 나는 당신이 포기하고 말고에 따라서 내 인생을 결정할 정도로 한심한 여자가 아냐. 내 인생은 내가 개척한다고. 당신이 인용으로 말을 마쳤으니 나도 그렇게 하겠어. ‘이제 나의 모든 삶은, 삶의 매 순간은 이전처럼 무의미하지 않을 뿐 아니라 선의 명백한 의미를 지니고 있어. 나에게는 그것을 삶의 매 순간 속에 불어넣을 힘이 있어!’ ”

“진작 알아 모셨어야 했는데, 안나 카레니나 양.”

그것은 도스토예프스키의 장례식에서 우연히 만났을 때 예술과 문학에 대해 토론하면서 그녀가 인용했던 바로 그 말이었다. 너무나 그녀다운 모습에 유진은 너무나 반가워서 눈물이 다 날 뻔했다.

"난 인생을 길게 보고 있어. 당신이 그렇듯. 이걸로 끝이 아니잖아? 분명히 미래는 있는 거라고. 당신이 준 이 사전, 감사히 받을게. 그리고 열심히 공부할게. 당신 나라 말로 편지 쓸 수 있을 때까지. 그러니까 도착하면 꼭 편지 쓰라고. 소재지를 알아야 답장을 보낼 거 아냐? 알았지?"

"응, 반드시 그렇게 할게. 날 기다리란 말은 하지 않겠어. 그러니까……."

"이 양반 또 시작일세. 무게 좀 그만 잡아. 내가 내키면 1년이든 3년이든 기다릴 거야. 그렇지 않으면 3일 뒤에도 끝이고. 정말로 내가 내키면 극동까지 쫓아갈 거야. 알겠어? 그러니까 각오하고 있으라고. 아, 편지 꼭 쓰는 거다."

유진은 형용할 수 없는 감정이 가슴속에서 일어났다. 그는 냉철한 이성을 늘 유지한다고 자부하고 있었는데, 자신도 모르게 눈에서 눈물이 핑 돌았다.

"응, 고마워, 카챠. 정말 고마워."

"아, 됐으니까 빨리 가. 당신이 그토록 가고 싶어 하는 고향으로. 배 안 탈 거야? 놓칠지도 모르는데?"

배는 기적을 울리고 있었다. 유진은 아쉬움을 뒤로 하고 배를 향해 돌아가기 시작했다.

"그래, 간다! 언제가 될지 모르지만, 반드시 다시 만나자!"

"두고 봐, 생각지도 못한 곳에서 생각지도 못한 형태로 나타날 테니까. 내 마음 바뀌기 전에 빨리 가라고!"

그녀의 높고도 경쾌한 목소리를 들으면서, 유진은 배를 향해 달려갔다. 왠지 5년은 젊어진 듯한 기분이었다. 꼭 야간에 기숙사를 탈출해서 야밤의 산책을 즐기던 김나지움 졸업반의 그 시절처럼.

삶이 그대를 속일지라도
슬퍼하거나 노하지 말라!
우울한 날들을 견디면
믿으라, 기쁨의 날이 오리니.
마음은 미래에 사는 것,
현재는 슬픈 것,
모든 것은 순간적인 것, 지나가는 것이니.
그리고 지나가는 것은 소중하게 되리니.

배가 출항해서 상트페테르부르크가 점점 멀어질 무렵, 부세가 러시아인들에게 가장 유명한 시를 읊었다. 그는 자신이 아끼는 대녀(代女)와 직속 부하가 될 사람의 관계를 알고 있었다.

"푸시킨이로군요."

"참으로 좋은 시 아니오? 특히 오늘 같은 날에."

"맞아요, 정말 훌륭한 시죠. 근데, 저는 아직도 이해가 안 됩니다. 왜 그런 훌륭한 시인이 여자 때문에 결투를 하다가 죽었을까요. 살았으면 얼마든지 더 좋은 작품을 많이 썼을 텐데."

"뭐, 어떤 남자든 다른 남자가 자기 여자를 건드린다면 참을 수 있겠소이까마는……. 글쎄, 죽어야 할 이유까진 없지."

"그게 문학가란 족속들의 이해할 수 없는 속성 아니겠어요. 정말, 이해가 안 되는군요. 저처럼 순간의 감성보다는 냉철한 이성을 중시하는 사람은……."

유진은 멀어지는 페테르부르크를 보면서 헛소리처럼 독백을 중얼거렸다.

8장
발해의 후예

이곳—극동 러시아—에서 조선인들은 번창하는 부농이 되었고 근면하고 훌륭한 행실을 하고 우수한 성품을 가진 사람들로 변해갔다. ……이들은 대부분 기근으로부터 도망쳐 나온 배고픈 난민들에 불과했었다. 이들의 번영과 보편적인 행동은 조선에 남아 있는 민중들이 정직한 정부 밑에서 그들의 생계를 보호받을 수만 있다면 천천히 진정한 의미의 '시민'으로 발전할 수 있을 것이라는 믿음을 나에게 주었다.

— 이사벨라 루시 버드(Isabella Lucy Bird),

〈조선과 그 이웃나라들(Korea and Her Neighbours)〉

* * *

1881년 여름, 유진은 다시 7주의 항해 끝에 블라디보스토크에 도착했다. 페테르부르크를 떠나 북해와 지중해를 거쳐 수에즈 운하를 지나 인도양과 말라카 해협을 넘어 중국을 거쳐 온 기나긴 여정이었다.

불과 1년 사이에 유럽과 동아시아를 3번이나 배를 타고 왔다 갔다 한 유진으로선 이제 장거리 항해는 익숙해진 터였다.

그는 향후 해야 할 일에 대해 꼼꼼히 계획을 세우는 한편 베베르에게 틈틈이 조선어를 가르쳤다.

이미 한문과 중국어는 능통한 베베르였으나 조선어는 또 완전히 다른 언어라 어려워했지만, 곧장 익숙해져서 항해가 끝날 때쯤에는 간단한 회화 정도는 가능할 수준이 되었다.

북경으로 떠날 예정인 베베르하고는 당시 한적한 어촌에서 동양 최대의 항구로 부상하고 있는 상해에서 작별하고, 마침내 7월 초에 블라디보스토크에 당도한 것이었다. 작년 말에 떠나서 약 8개월 만에 복귀한 것이었다.

그러나 그때와 지금은 신분이 완전히 딴판이었다. 작년에는 조선 국왕의 사절을 자처하던 전직 대학생이었지만, 이젠 러시아제국 남부 우수리 지역 전권위원이라는 직함을 달고 돌아온 것이었다.

동양 출신으로는 최초의 중급 관료가 된 셈이었는데, 막상 관료 세계에 합류하고 보니 의외로 타국 출신이 많다는 걸 알게 되었다. 당장 직속상관인 부세만 봐도 프랑스계였고, 외무부 아시아국의 상관인 기르스는 스웨덴계, 베베르는 독일계였다. 더욱이 아시아국에는 튀르크인이나 페르시아인도 근무하는 중이었다. 시베리아 지역에서는 하위직이긴 해도 몽골계 관료와 군인도 있었다. 임용 과정이 드라마틱해서 그렇지, 사실 유진이 매우 특수한 사례도 아니었던 것이다.

유진은 의외로 개방적인 러시아 제국의 인사방침에 놀랐지만, 역설적으로 그것은 러시아가 영국이나 프랑스와 비교하면 전근대 국가라는 반증이었다.

이미 근대적 국민국가(Nation state)가 성립된 영국이나 프랑스에선 그 나라 출신 국민이 아니고선 절대로 주요직에 오를 수가 없었다.

하나 민족성보다 신분이 더 중시되는 절대왕정 국가인 러시아에선 어느 나라 출신이냐 보다는 어느 신분이냐가 더 중요했다. 그래서 주요직을 러시아계 평민보다는 독일계 귀족들이 상당 부분을 차지하고 있었다. 심지어 농노출신 러시아 평민보다야, 차르에게 벼슬을 받은 중앙아시아의 튀르크 부족장이 신분상으로는 분명 위였던 것이다. 즉 동양인이긴 해도 차르의 관료인 유진은 평범한 러시아인들에게 명령을 내릴 수 있는 위치에 있었다. 그들이 내심 뭐라고 불평할지라도 말이다.

유진은 블라디보스토크에 오자마자 그것을 실감했다. 8등 문관쯤이야 페테르부르크에선 발에 채일 정도로 많은 중하급 관료였지만, 관료가 드문 극동에선 고위직에 해당됐다.

“아니, 이럴 것까진 없는데…….”

“헤헤, 나리. 이런 건 저희에게 맡겨 주십시오. 귀하신 분께서 힘을 쓰시게 할 수 있나요.”

하선하면서 짐을 찾아 옮기려 하자 선원들이 유진을 말렸다. 그들은 유진을 대신해서 항구의 짐꾼들에게 짐을 옮기게 하고, 유진은 아무것도 하는 일 없이 편히 호텔로 가는 마차에 오르기만 하면 됐다. 몸은 편하기는 했지만 한 번도 이런 신분적 특권을 누려 본 적이 없었던 유진은 어딘가 마음이 불편했다.

"나으리, 요 짐을 마차가 실으면 될까요?"

"음, 수고했소."

신문을 읽느라 건성으로 대답하던 유진은 어설픈 억양과 틀린 문법의 러시아어가 신경이 쓰여 고개를 돌려보니, 까무잡잡한 피부에 낡은 한복을 입은 동포의 모습이 들어왔다.

"조선 사람입니까?"

유진의 입에서 조선말이 튀어나오자 사내는 경천동지했다.

"아이고, 나으리, 우리 조선 사람이신가요?"

"보시다시피 그렇습니다."

사내는 유진을 위아래로 쳐다보면서 놀라워했다.

그가 입은 제복을 보건대, 관리, 그것도 높아 보이는 관리였던 것이다. 조선 사람이 러시아의 관리가 되었다는 것은 금시초문이었다. 더욱이 그는 서양인 못지않게 키도 크고 인물도 좋아서, 딱 봐도 귀한 분 같아 보였다.

"고향이 어딘가요?"

"두만강 너머 경흥입니다요. 말씀 편히 하십쇼, 나리."

사내는 유진의 존대에 황송해하며 고개를 숙였다. 유진은 자신을 높이 봐 준다 해도 몸에 밴 듯한 노예근성이 마음에 들지 않았다. 관리를 최고로 치는 신분제 사회의 유산이라 그를 탓할 수도 없는 일이었다.

"조선 사람들이 블라디보스토크에 많이 들어왔다고는 하던데, 주로 이런 일을 하나 보군요."

"예에, 아무래도 가진 재산이 몸뚱아리밖에 없으니 그렇습죠. 예전에 아라사에 온 사람들은 땅도 받고 해서 농사지으면서 살지만, 요 근래 온 사람들은 그저 이렇게 막노동 말고는 할 일이 없습니다요."

유진은 고개를 끄덕였다. 남아도는 토지를 불하받아 농촌으로 재정착을 시키든지, 아니면 정기적인 일자리를 만들어 줘야 할 터였다. 유진은 지갑에서 돈을 꺼내 후하게 짐삯을 치렀다.

"아이고, 나으리! 뭘 이렇게까지."

"고생이 많은데 받아 두시오. 곧 여러분의 생계 대책을 세우려 하니, 기다려 주시오."

"고맙습니다, 고맙습니다, 나으리."

그는 유진의 말은 귀에 들리지도 않은 듯 눈앞의 금화만 보면서 얼굴을 상기시키고 있었다. 적어도 며칠은 일하지 않고 가족들이 먹기엔 충분한 돈이었다.

유진은 호텔에 여장을 풀고, 부세와 함께 블라디보스토크 군정지사 겸 극동함대 사령관인 알렉산드르 펠트하우젠 제독(А.Ф.Фельдгаузен)을 만나러 갔다. 원래 동시베리아 총독부에 소속되어 있던 블라디보스토크와 프리모르스키—연해주—가 1880년에 분리되어 새로운 행정체계가 수립된 것이었다.

"안녕하십니까, 각하?"

갈색 수염을 팔(八)자 모양으로 길게 기르고 있는 제독이 근엄한 어조로 인사를 받았다.

"오랜만이오, 부세 박사. 좋아 보이는군. 그리고 자네가…… 화제의 그 동양인인가?"

"그렇습니다, 각하. 남부 우수리 지역에 새로 발령받은 유리 김이라고 합니다."

"자네에 대한 소문은 여기까지 났네. 폐하를 구한 공로자이자 영웅이라지."

"제가 한 일이라기보다는 폐하께서 신의 가호를 받으신 것이지요."

제독의 말에도 어딘가 빈정거림이 느껴져 유진은 겸손하게 받았다.

"뭐, 좋아. 자네가 어떤 일을 하는지에 대해선 이미 페테르부르크에서 전보로 받았네. 첫째로 조선인 이주민에 대한 정책, 둘째로 조선과의 국경무역과 수교 문제. 맞나?"

"정확하십니다."

"구체적으로 자네가 무엇을 하고 싶어 하는지에 대해서 이야기해 보게. 중앙에선 자네의 계획에 대해 호의적인 것 같더군. 뭐, 물론 현지의 권한은 전적으로 나에게 일임되니 현실성이 떨어진다면 받아들일 수가 없네."

제독은 군인답게 돌려 말하기보다는 빠르게 핵심을 듣기를 원하는 것 같아, 유진은 지체하지 않고 답을 했다.

"지금 연해주 지역에서 가장 심각한 것은 식량과 안보 문제라고 알고 있습니다. 가장 큰 이유는 인구의 부족과 이로 인한 생산성의 저하입니다. 현재 연해주 지역에 거주하는 1만이 넘는 조선인들은 그 두 가지를 안정적으로 운용하는 데 있어 꼭 필요한 자원입니다. 조선 사람들은 매우 유능한 농부들입니다. 전임 지사이신 크로운 제독님께서 이들의 정착을 받아들이고 토지를 하사한 바 있습니다. 제가 작년에 마을들을 돌아본 결과, 실제로 이들은 변경의 토지를 개간하여 옥토로 바꾸어 놓았습니다. 이들에게 토지를 개간할 권리를 확대한다면 잉여농산품이 더욱 증가할 것이고, 연해주에 안정적으로 식량공급원이 생기리라 생각합니다. 또한 조선과의 국경무역을 합법화해서 식량공급에 차질이 없도록 해야 합니다."

"계속해 보게."

"네, 한데 이들에게 있어 현재 가장 큰 문제는 안전입니다. 국경 지역의 부족한 전력으로 인해 홍호자라 불리는 중국 마적들이 기승을 부리고 있습니다. 조선인 마을은 이들에게 있어 가장 중요한 약탈원인 셈입니다. 남우수리로 병력을 확충하는 것도 하나의 방법이겠습니다만, 제 생각엔 이들을 무장하여 독자적인 부대를 창설하는 것이 더 효과적이리라 생각합니다."

"자네, 현재 남부 우수리 지역에 주둔중인 병력이 얼마인지는 아나?"

제독의 갑작스러운 물음에 유진의 말문이 막혔다. 고개를 돌려 부세를 쳐다보았지만, 그도 고개를 저었다.

“정확히는 알지 못합니다.”

“보병 2개 대대, 카자크 기병 3개 백인중대, 포병 2개 중대일세. 도합 2,500명쯤 되지. 프리모리에 전체에 주둔중인 병력이 해군 포함해서 36,000명 정도니까 분명 부족한 건 맞네. 하나 만약 영국이 작정하고 극동을 공격해도, 지난 1854년 전쟁 때처럼 속수무책으로 당할 정도는 아니야. 아무래도 우리가 경계하는 적은 영국이니, 해양 지역에 주둔하다 보니 내륙 국경지역은 상대적으로 부족함이 있음을 인정하지. 조선인 문제로 돌아가 보세. 그들로 하여금 무장을 해서 자위력을 갖추는 건 좋네. 한데, 그들은 러시아에 동화되지 않는다는 게 문제지. 우리는 국경을 넘어온 그들에게 정착을 허락하고, 토지까지 하사했네. 한데 그들의 대부분은 자네처럼 러시아 국적도 아니고, 러시아식 교육을 받기도 거부하네. 충성심이 확실하지 않은 집단을 무장시키는 건 별로 현명한 선택이 아니라고 보는데.”

제독의 지적은 분명 뼈아픈 것이었으나, 이 정도는 유진의 예상 범위였다.

“각하, 지당하신 지적입니다. 분명 현재 조선 사람들은 황제 폐하의 은덕을 입었으나 아직 그 은혜를 갚지 못했습니다. 그래서 제가 직접 나서고자 하는 것입니다. 황공하오나, 저는 폐하의 은혜를 입은 조선 사람의 상징입니다. 제가 그럴 기회가 있었던 것은 교육을 받아서였습니다. 그들로 하여금 러시아인들과 똑같이 교육을 시키고, 군대를 간다면 마땅히 폐하의 은혜에 보답할 기회가 주어지리라 생각합니다."

서양식 교육과 병역은 근대국민을 만드는 데 가장 핵심적인 사안이라고 믿는 유진이었기에, 가장 듣기 좋은 형태로 제독을 구슬렸다.

"좋은 말인데 지나치게 추상적이야. 구체적인 계획은?"

"여기 이주민 문제 담당관이신 부세 박사님과 의논한 것이 있습니다. 현재 확인된 조선인 마을 29개가 있습니다. 초등학교 5개를 추가로 세우고, 5가구당 최소 1~2명씩 청년을 훈련시켜 5년 계획으로 1개 대대를 구성하려 합니다. 다만 이들의 특성상 정규군은 아니고, 돈 카자크나 쿠반 카자크처럼 둔전병(屯田兵)의 형태로 평시에는 농사를 짓되 비상시에 소집 가능한 형태로 하려합니다."

유진은 부세의 조언을 받아 계획안을 만들어 둔 터였

다. 유진이 건넨 계획안을 읽어 보던 제독은 씩 웃었다.

"경험 없는 탁상물림치고는 제법 괜찮은 계획안이군. 국경 방위에 둔전병을 두는 것은 표트르 대제 시절부터 전례가 있는 일이니 불가능한 것도 아니고. 근데 완전히 조선인만으로 구성하겠다는 건가? 1개 대대씩이나 모으려면 사병만 있는 게 아니라 장교와 하사관도 필요한데, 이건 어떻게 충당할 건가?"

"장기적으로는 장교와 하사관도 양성해야겠습니다만, 당장은 없으니 주둔군에서 파견해 주셨으면 합니다. 이건 교육 문제와도 연동이 됩니다. 조선 청년들 중 초등학교 이상의 학력을 갖춘 이들 중 원하는 이들은 하사관학교에 지원하도록 하겠습니다."

"비용 문제는? 학교를 세우는 것이나 군대를 훈련하는 것이나 비용이 들지. 자네의 계획은 꽤 웅대하네만, 이 지역은 예산이 별로 많지 않네."

"폐하께서 제게 하사하신 돈이 있습니다. 5만 루블 정도 있습니다만, 제게는 과분할 정도로 많은 금액이라 이에 보태고자 합니다."

그 말에 제독은 놀란 표정이 되었다.

그가 아는 한, 관료의 대부분은 부패했다. 특히 이런

머나먼 극동에 있는 이들은 사실상 출세를 포기한 이들이었고, 그러기에 더더욱 재산이 더 집착하는 이들이었다. 근데 갓 관료가 된 이 동양 청년은 거액의 자기 재산을 보태서 국가의 일을 하겠다는 것이었다. 현실을 모르는 애송이의 순진함인지 훌륭한 건지 감이 잡히지 않았다.

"그렇게까지 한다면야, 내가 반대할 수는 없겠군. 그런데 문제가 한 가지 남네."

"무엇입니까?"

"올해 4월과 5월에, 청나라가 국경 문제로 조선과 우리에게 항의한 바 있네. 알고 있나?"

"처음 듣습니다."

금시초문이라, 유진은 조금 긴장했다.

"조선의 내부 문제는 우리가 알 수 없네만, 청나라 땅에도 조선인들이 대규모로 건너가서 사는 모양이야. 웃기는 건 청 조정에서 그걸 이제야 알았다는 거지. 그들은 조선 측에 도로 데려갈 것을 요구했는데, 그 과정에서 러시아에도 조선 이주민이 있다는 걸 파악했네. 조선 조정의 공식 입장은 우리 땅에 사는 이주민들에게도 귀환을 요구하네. 우리는 이주민의 뜻을 존중해서 그들의 잔류를 허용했지만, 아무튼 공식적인 입장은 이 문제로 조선과 마찰을 빚지 않는다는 거야. 근데 청나라가 조선의 상국이랍시고, 조선을 대신해서 이주민들의 귀환을 요구했네. 무시하면 그만이지만, 우리가 조선인들을 대규모로 귀화시키고 무장까지 시키면 이게 외교적인 문제가 될 수 있거든."

"각하, 말씀하신대로 무시하면 그만입니다. 이 문제는 청나라에서 간섭할 문제가 아닙니다. 조선은 실질적으로 독립국이고, 수교 문제를 포함해서 조선과 러시아 양국이 논의해야할 문제라 생각됩니다."

"우리 입장도, 조선은 독립적인 국가라는 것이야. 하나 만약 청이 조선과 연대해서 이 문제를 물고 늘어지면 골치 아파지네."

"청은 상국을 자처합니다만, 가급적 조선의 의사를 존중합니다. 조선 조정은 말로는 이주민의 귀환을 요구하지만, 실질적으로는 거의 포기한 상태입니다. 주민들이 돌아갈 의사가 없으니까요. 조선의 입장이 그렇다면 청도 형식적인 항의에 그칠 겁니다."

유진은 자신을 갖고 말했다. 작년에 한양에 가서 돌아가는 상황을 보건대 조선은 러시아와 적대할 생각이 없었다.

"그렇게까지 자신이 있다면, 어디 한번 추진해 보도록 하게. 구체적인 실무 사항은 부세 박사와 총독부, 그리고 프리모리예 주둔군 사령부와 논의해 보도록."

"감사합니다, 각하!"

유진은 기뻐하며 고개를 숙여 감사를 표했다.

"다만 한 가지 명심하고 주의해야 할 것은."

지사가 한 가지를 덧붙였다.

"자네 출신이 어디든 간에, 자네는 러시아와 폐하의 관리란 위치를 절대 잊지 말도록. 알겠나? 자네가 하는 모든 일은 러시아 제국의 국익에 우선 고려대상이 되어야 하네."

"……명심하겠습니다."

러시아 관료들의 거듭된 '충고'에 유진은 내심 짜증이 났지만, 말은 공손히 할 수 밖에 없었다.

*　　　*　　　*

마침내 현지 최고 책임자의 합법적인 허가를 얻은 유진은 일에 속도를 붙였다. 행정업무는 생전 처음이었지만, 유진은 마치 미리 배웠던 것처럼 일을 능숙하게 처리해 나갔다. 가장 먼저 선행될 일은 현재 고려인이라 불리는 이주민들의 정확한 수를 파악하는 것이었다.

"1878년도 조사에 따르면 10,379명이오. 남자는 6,240명이고."

이주민 문제 담당관인 부세는 과거에 조사된 자료를 유진에게 보여 주었다.

"이게 정식으로 등록된 인구이지요?"

"그렇소, 아마 실제로는 더 많겠지. 그동안 늘어난 인구와 잡히지 않는 인구를 포함하면 더 많을 것이라 추정되오."

"정확한 인구 파악이 필요합니다. 구체적인 계획을 진행하려면 다시 한 번 꼼꼼하게 조사할 필요가 있습니다. 추수철인 가을이 되면 정확한 인구를 파악하기가 더 쉬울 겁니다."

"그러도록 하지요."

이윽고 유진은 주둔군 사령부와 신설 부대 창설 문제를 논의했다.

젊은 위관급 장교들의 상당수가 발트 독일계로, 독일어가 유창한 유진에게 호감을 가졌다. 개중에는 몇 년 전까지 극동에 살았던 유진의 양부인 알렉산더 폰 엘름스호른을 기억하는 사람도 있었다.

그들은 상대적으로 진보적인 세계관을 가진 사람들이었고, 나이도 유진 또래라서 이야기가 잘 통했다. 유진은 그중에서도 페르디난트 베벨(Ф.М. Вебель)이라는 26살의 독일계 장교와 친해졌다.

프리모리예로 부임하는 길에 유진과 같은 배를 타게 되어 자연히 친분이 쌓이게 된 것이었다. 그는 1877년 러시아—오스만 전쟁에도 참전했고, 니콜라이 군사학교를 졸업하고 참모본부에서 근무했던 엘리트였다. 이주민 사회에 변화를 주도할 유진의 열의가 넘치는 모습에 베벨은 의기투합했다.

"일단 포수 경력이 있는 이들로 1개 중대를 모집하려고 합니다. 장기적으로는 1개 대대를 모집하고 하사관도 양성할 생각입니다. 일단 급한 건 정식으로 훈련을 맡아줄 장교가 필요합니다. 대위님이 도와줄 수 있겠습니까?"

"아직 보직을 받지 않아 지금 하는 일도 별로 없습니다. 사령부의 허가를 맡는다면 그러도록 하지요."

"고맙습니다, 대위님. 지사 각하께 말씀드려 놓겠습니

다. 병사는 당장 모집에 들어가도록 하겠습니다."

유진은 조선어와 러시아어에 모두 능통한 사람들을 물색했다.

이들이 그 밑에서 실무를 맡을 필요가 있었다. 유진은 먼저 작년에 친분을 쌓았던 최재형을 불렀다. 러시아어가 유창하고 실무 경력도 있는 인재였다.

"세상에, 유진 형님, 어떻게 이런 모습으로……."

최재형은 제복 차림의 유진을 보고 깜짝 놀랐다. 조선인 관리가 부임했다는 소문은 들었지만 그게 유진일 것이라고는 미처 생각 못했던 것이었다.

"대체 그동안 무슨 일이 있었던 겁니까?"

계면쩍게 웃던 유진은 그동안 있었던 일을 간략히 정리해서 설명했다. 이야기를 듣고 난 최재형은 더 놀란 표정이었다.

"옛날이야기에서나 나올 법한 입신출세군요. 참 놀랍습니다."

"지나간 일에 대한 감탄은 그만하고, 앞으로 어떤 일을 할지가 중요하네. 말했다시피 난 조선 동포사회를 대대적으로 개선할 생각인데, 자네 도움이 필요하네. 자네는 러시아어도 유창하고, 실무 경력도 있으니 꼭 내 밑에서 일해 줬으면 하네. 보수는 섭섭하지 않게 대우하겠네."

"형님, 너무하시는군요."

"응? 내가 뭐 실례했나?"

최재형이 정색을 하자 유진은 당혹스러웠다.

"실례하셨지요. 보수 같은 건 중요하지 않습니다. 마땅히 이런 일을 한다면 제가 앞장서서 도와야지요. 제가 배우고 경험한 것들을 동포들을 위해 쓰고 싶은 것은 저도 마찬가지입니다. 무엇이든지 맡겨 주십시오. 마침 회사 일도 3년이 넘어서 이제 그만두려던 참이었습니다."

"고맙네, 자네라면 역시 그렇게 답하리라고 생각했어."

최재형의 진심 어린 말에 유진도 크게 기뻤다.

"제가 뭘 하면 될까요?"

"음, 일단 교육받은 조선 친구들이 더 필요해. 나야 동포 사회에 대해 아는 바가 적지만, 자네는 발이 넓지 않나. 몇 명 소개시켜 줄 수 있나? 당장 급한 건 교사와 하사관을 맡을 이들이야."

"학교 동창이 몇 명 있습니다. 저와 함께 기숙학교를

다닌 친구들이죠. 졸업하고 군대에 들어가서 지금 병사로 복무 중입니다."

"그래? 그거 잘됐군! 그 친구들 휴가 나오면 이리로 데려와 주게."

최재형과 다음에 만날 약속을 잡고, 유진은 마찬가지로 작년에 만났던 김학우를 불렀다. 조선 사절 장박의 통역을 맡았던 이로, 4개 국어에 능통한 인재라 꼭 필요했다.

깜짝 놀라기는 김학우도 마찬가지라, 유진은 선수를 쳐서 재빨리 설명을 마치고 본론으로 들어갔다.

"김 군, 예전에 나랏일 해 보는 게 소원이라고 했지?"

"네, 장박 공을 만났을 때 그렇게 말했었죠."

"일단 내 밑에서 실무를 익혀 두었으면 하네. 자네처럼 능력 있는 사람이 꼭 필요해. 원한다면 더 공부할 수도 있고. 여기서 일을 익혀 두면 나중에 조선에 돌아가도 쓰일 데가 많을 거야."

유진은 단순히 젊은 청년들을 양성해서 이주민들만을 위해 쓸 생각이 없었다. 그의 장기적인 구상에 따르면, 이렇게 배운 이들은 조선 개혁의 선봉이 될 터였다.

"백면서생에 불과한 저를 써 주신다면 그저 감사할 따

름입니다."

"백면서생은 무슨, 자네 일본에서 2년간 조선어 강의 한 적이 있다면서."

"예, 열일곱 살 때 숙부님 따라서 도쿄에 갔었을 때 그랬지요."

"인구 1천 명이 넘는 마을에는 초등학교를 세울 생각이야. 지금 당장은 교사를 러시아인에게 맡겨야겠지만, 장기적으론 학교에서 배운 조선 청년들이 교사를 맡았으면 하네. 그러려면 정식으로 중등교육을 받아야 하고……. 가능하면 처음 세울 학교에서 자네가 조선어 강의도 맡아 줬으면 좋겠군. 앞으로 많이 바쁠 거야."

며칠 뒤, 최재형이 예고한 대로 병사로 복무 중인 학교 동창 3명을 데려왔다. 그들은 모두 정교회의 장학금을 받아 초등학교를 졸업하고 기숙학교를 다닌, 나름 이주민 사회의 엘리트 축에 속하는 인물들이었다.

"왼쪽부터 최 세묜, 정 이반, 김 일리야입니다."

최재형의 소개를 받은 청년들이 유진에게 꾸벅 인사를 했다. 모두 선량해 보이는 인상이었다.

"왜 다들 러시아 이름이야? 조선 이름은 없나?"

유진의 질문에 셋은 고개를 쭈뼛거리다가, 일리야가 대표로 대답했다.

"저희 이름이라고 해 봐야 막둥이, 복동이, 덕쇠 이런 식인데 저희는 러시아 이름이 더 좋습니다, 나리."

출신 성분이 느껴지는 이름들이니 신식 교육까지 받은 이들이 안 좋아하는 것도 당연했다. 유진은 그들의 뜻을 존중해 주기로 했다.

"세 사람 모두 현재 병사로 복무 중이라면서. 언제부터 복무했나?"

"네, 3년 정도 됐습니다."

"그럼 4년 복무연한은 거의 다 채운 셈인데……. 군에 남을 생각인가, 제대할 생각인가?"

세 사람은 서로를 쳐다보다가, 역시 대표로 일리야가 대답했다.

"글쎄요, 생각은 몇 번 해 봤습니다만, 제대한다고 해서 제대로 된 직장이 있는 것도 아니고……. 저희 모두 고아니까 돌아갈 집이 있는 것도 아니고요."

"그럼 군에서 계속 복무할 생각은 있나?"

"저희야 뭐, 일부러 시험 보고 들어왔으니까, 하사관이 된다면 군 생활도 괜찮을 것 같습니다. 사병 생활이 마냥 좋은 게 아니라서요."

일단 군복무에 대해 긍정적인 의사가 있자, 유진은 본론으로 들어갔다.

"자네들처럼 사병으로라도 복무한 조선인이 매우 드물어. 새로 조선 사람들로만 구성된 부대를 창설할 생각인데, 상부에 요청해서 자네들은 그쪽으로 옮길까 하네. 일이 성사된다면 자네들을 특별히 하사로 진급시키도록 하겠네."

"저, 정말이십니까?"

"원칙적으로는 사병이 하사로 임관하려면 1년간 교육을 받은 후 시험을 봐야 한다고 하더군. 근데 지금 절대적으로 하사관을 할 사람이 부족하니, 교육과 복무를 병행하도록 청원하도록 하지. 자네들이 할 의사만 있다면 말이야."

세 사람은 최재형과 더불어 잠시 의논을 하다니, 곧 결론을 내리고 답했다.

"새 부대가 생기는데 저희가 보탬이 된다면 얼마든지 함께 해야지요. 저희도 힘을 다하겠습니다."

"고맙네. 그럼 이제 장교와 하사관 후보들도 생겼으니, 병사만 모집하면 되겠군."

"어떻게 모집을 하려 하십니까?"

"일단 지원을 받을 생각이야. 무턱대고 농사짓는 사람들을 징집할 수야 없지 않나. 최 군, 나를 도와서 각 마을들로 다녔으면 하네. 함경도 포수야 워낙 유명하니까, 일단 포수 출신들로 모집을 하려고 해. 군대의 필요성을 알게 된다면 그다음부터는 지원자가 늘어나겠지."

"알겠습니다. 그럼 준비하도록 하겠습니다."

구상으로만 있었던 것이 하나하나 실천되는 것을 보면서, 유진은 성취감을 느꼈다.

* * *

최재형은 유진이 생각했던 것보다 더 유능한 인재였다.

독일인 가정에서 자라고 유럽에서 교육 받으면서 동포들과 유리(遊離)된 삶을 살았던 유진과 달리 최재형은 동포 사회에 뿌리를 두고 살았던 사람이었고, 나이는 젊지만 자연히 신망도 높았다.

최재형은 각 마을을 돌면서 후한 보수를 약속하면서 포수 출신들을 끌어모았다. 유진이 구상하는 건 둔전병이었지만, 그건 시간이 필요한 일일 터였다. 이미 총을 쏠 줄 아는 포수들은 훈련 시간도 훨씬 덜 들고 마적들을 상대하기도 더 나을 터였다.

최재형의 홍보와 설득으로, 포수와 사냥꾼 경력이 있는 상당수의 사람들이 지원했다. 포의 삶은 안정적인 것이 아니었기에, 정기적인 보수를 약속함과 동시에 마적으로부터 마을을 지키는 자경단 역할을 할 것이라는 설득은 의무감과 물욕을 모두 만족시키는 것이었다.

"145명이라…… 1개 중대를 구성하기에는 약간 모자라지만 이 정도면 충분하군. 정말로 수고 많았네."

유진은 최재형을 치하하면서 모여든 사람들의 면면을 쳐다봤다. 다들 강인하고 억세 보이는 것이 과연 화승총으로 호랑이도 잡는다는 함경도 포수의 후예다웠다. 훈련 장소는 고려인이 다수 거주하는 연추 마을 근교에 있는 노보키예프스크, 혹은 고려인들이 부르는 연추영(延秋營)이었다. 이곳에는 러시아군 1개 대대가 주둔중이어서 넓은 훈련장이 있었다.

"동포들을 지키는 일에 앞장서서 달려온 여러분의 의기에 진심으로 감사를 표합니다. 여러분의 사격 솜씨는 익히 들어왔기에 매우 믿음직스럽습니다. 단, 여러분은 예전처럼 포수가 아니라 군대의 일원입니다. 정규군에 걸맞는 훈련이 필요하니, 여기 계신 베벨 대위의 지휘와 훈련에 따라 주길 바랍니다."

상부의 승인을 받아 베벨 대위는 4명의 러시아인 하사관과 더불어 새로 조직될 부대의 지휘와 훈련을 맡기로 했다. 최 세묜, 정 이반, 김 일리야는 유진의 약속대로 하사로 진급하여 그들을 보좌하기로 했다.

자유로운 포수이자 사냥꾼으로 살아온 이들이 러시아 군인의 지휘를 받는다는 것에 거부감이 있을 것을 우려했지만, 그들은 베르당 소총을 새로 지급 받게 되자 그런 것은 아무 상관없다는 듯 희희낙락했다. 그들이 그동안 써 왔던 총과는 성능이 비교가 안 될 정도였기에, 총을 자신의 몸처럼 생각하는 이들에게 이보다 더한 선물이 없었던 것이다.

새로 모집된 포수들은 3개 소대, 1개 중대로 구성되었다. 러시아군은 편제상 다른 나라보다 많은 병력을 운용했고, 1개 소대의 정원은 48명, 중대는 4개 소대로 구성되어 사병만 192명에 달했다. 여기에 장교와 하사관을 더하면 200명은 거뜬히 넘어가는 수였다. 다만 대개의 경우 정족수가 미달했고, 변경의 부대는 말할 것도 없었다.

“대위님, 훈련을 잘 부탁합니다.”

“걱정 마십시오. 정예병으로 양성하겠습니다.”

유진은 베벨 대위에게 다짐을 받고는, 최재형과 하사관 셋에게 당부의 말을 했다.

“자네들이 러시아 사관들과 조선 병사들을 잇는 연결고리가 되어야 해. 만에 하나라도 불화가 생기지 않도록 말이야. 이 부대가 우리의 첫 부대니까 반드시 성공해야 하네. 알겠지?”

“네, 알겠습니다.”

통역을 맡게 될 최재형과 하사관 셋은 어쩌면 이 부대에서 가장 중요한 존재였다.

러시아 사관들과 포수들은 언어조차 통하지 않았고, 고된 훈련을 받으면 자연히 반감이 생길 터였다. 해야 할 일이 많은 유진이 부대 돌아가는 것에 일일이 신경 쓸 수 없는 만큼 이들의 역할이 중요했다.

부대 편성과 더불어 가장 역점으로 두는 것은 농업의 진흥과 교육의 확립이었다. 비서 격인 김학우와 함께 고려인 마을들을 돌던 유진은, 작년에 봤던 것처럼 상당수 마을들이 안정적으로 토지를 경작 중이었다. 유진은 그 중 가장 처음 형성된 이주 지역이자 2천여 명이 모여 사는 지신허(地新墟)로 가서 사람들을 불러 모았다. 인근 연추, 푸칠로프카, 시넬리니코보에 사는 사람들을 다 합치면 거의 8천 명에 달하는 고려인 사회의 중심 지역이었다.

절대 다수가 조선과는 비교할 수 없는 넓은 땅에서 토지를 경작하는 농민들이었다. 늘 러시아인 관리만 대하던 사람들은 자신들과 같은 조선 사람이 제복을 입고 등장하자 크게 놀라면서도 반가워했다.

"세상 오래 살고 볼 일이야. 조선 사람이 아라사의 고위 관리가 되는 걸 보다니."

"인물도 훤칠해서 양놈들 옷도 아주 잘 어울리는구만."

사람들의 수군거리는 소리를 들으면서 유진은 단상 위로 올라섰다.

"친애하는 조선 동포 여러분! 저는 남부 우수리 지역 전권위원을 맡게 된 김유진이라고 합니다. 저 역시 여러분처럼 이주민의 자식입니다. 그렇기에 그동안 여러분이 겪었던 노고를 익히 잘 알고 있습니다. 낯선 타국 땅에서 살게 된 것은 어려운 결정이었지만, 지난 20여 년간 여러분은 황무지 같았던 땅을 개척하고 옥토를 개간했습니다. 황제 폐하와 러시아 당국 역시 여러분의 노고에 대해 깊은 감명을 받아, 여러분을 돕기 위해 저를 이곳으로 파견한 것입니다."

유진의 말이 잠시 멈추자, 사람들의 시선이 그에게 집중되었다.

다들 남루한 복장이었지만 눈빛에는 힘이 들어가 있었고, 오랜 노동으로 단련된 육체는 단단해 보였다. 어쩌면 개중에는 12년 전 마을을 떠난 무관 출신 서당 훈장 김홍린의 아들이었던 김유진을 기억하는 이도 있을 터였다.

"나는 이 땅을 더욱 비옥하게 만들어 조선 사람들은 물론 중국인과 러시아인들까지 부러워할 만한 사회를 만들고자 합니다. 그러려면 향후 몇 년 동안 몇 가지 중요한 노력들이 필요합니다. 첫째로, 토지 측량을 해서 과학적으로 토지를 관리할 예정입니다. 둘째로, 국경 너머에서 여러분의 삶을 위협하는 홍호자 무리들로부터 방어할 만한 무력을 키우기 위해 청년들에 대한 군사 훈련이 시작될 것입니다. 셋째로, 여러분의 아이들을 모두 학교에 보내야 합니다. 취학연령의 아동들은 노동보다 교육이 더 중요합니다. 여러분이 세 가지를 협조하고 노력을 다 한다면, 앞으로 여러분의 삶은 더욱 더 윤택해질 것입니다. 이상입니다. 질문 있으면 하십시오."

유진의 선언과도 같은 말에 사람들은 갈피를 못 잡은 표정이었다. 지금까지 조선이든 러시아든 그들에게 이러한 약속을 한 관리도 없었고, 특별히 의무를 부여한 사람들도 없었다. 궁금함을 참지 못한 사람들이 손을 들었다.

"나리, 토지 측량이란 게 대체 뭡니까? 그걸 왜 한다는 거죠?"

"토지의 경계 및 면적을 측정하는 것입니다. 사적 소유권을 확실히 하고, 토지를 과학적으로 관리하고 안정적으로 농업 생산량을 확보하는 데 필요한 작업입니다."

사람들은 유진의 말이 잘 이해가 되지 않았다. 전통사회의 그들에게 측량이니 사적 소유권이니 하는 말은 생전 처음 듣는 말이었다.

유진도 조선어에는 없는 이 단어들을 설명하기 위해 중국어와 일본어 사전을 참조해 가면서 해당되는 단어들을 찾았지만, 지식인 특유의 현학성 때문에 더 쉽게 풀어서 설명을 하지 못하고 있었다.

"뭐 좋다니까 한다는 거겠지. 나리께서 괜히 한다는 것이겠어?"

"암, 높으신 분 말인데."

사람들은 여전히 납득이 안 되었지만 하나둘 유진의 말에 수긍했다. 조선에서 살던 습관이 남아 있던 그들은 관리의 절대적인 권위에 굴종하는 것이 익숙한 사람들이었다. 유진은 씁쓸했지만 어쨌건 그들이 고개를 끄덕거리니 다행이라 생각했다.

"군사 훈련이라는 건 뭔가요?"

"10대 후반에서 20대 초반의 청년들은 여러분의 마을을 지키기 위해 앞으로 군사 훈련을 받아야 합니다. 러시아 군인들로부터 총 쏘는 법과 제식 훈련을 받게 될 겁니다."

이 말에 사람들의 당혹스러움은 더욱 짙어졌다. 포수들을 제외하면 총을 만져 본 적도 없고, 병사가 되는 것은 상상조차 안 하던 이들이었다.

"이전처럼 아라사 군대에게 맡기면 되는 것 아닌가요?"

"언제까지 그들에게만 여러분의 안전을 맡길 생각입

니까? 러시아군이 배치되지 않은 지역은 여전히 홍호자의 약탈에 시달리고 있습니다. 여러분은 스스로 지키는 법을 배워야 합니다.”

“그렇다고 해도 저흰 군인이 아니라 농부인데요, 나리.”

“곧 추수철인뎁쇼.”

“여러분은 연추영에 주둔 중인 러시아군을 보았지요? 그들도, 아니 어느 나라 군대도 따지고 보면 다 농민 출신입니다. 농민들도 훈련을 받게 되면 정예병이 되고, 그렇게 되면 마적 따위가 감히 넘볼 수 없습니다. 추수철에는 훈련을 하지 않고, 일단 올해 겨울부터 마을별로 순차적으로 시작할 터이니 너무 염려하지 마십시오. 훈련에 참가하는 이들에겐 당연히 급료가 지불될 것이고, 토지가 있는 이에게는 당분간 면세특권이, 토지가 없는 이에게는 경작할 토지가 부여될 것입니다.”

사실 조선에서도 옛날에는 병농일치(兵農一致)에 입각하여 평상시에는 생업에 종사하면서 농한기에 훈련을 받아 유사시에 동원되는 속오군(束伍軍) 제도가 있었다. 하나 제도가 문란해지면서 양반은 모두 빠지고, 양민과 노비들에게만 모든 책임이 전가되었다. 그나마도 평화가 지속되면서 군포를 재정을 충당하는 용도로 사용됐는데 삼정의 문란이 지속되면서 농민들에게 가중한 책무를 떠안기게 되었다.

얼마 전 흥선대원군이 양반에게서도 군포를 걷는 호포제를 실시하여 문제점을 개혁했으나 함경도 같은 변방은 중앙의 명령이 제대로 집행되지도 않아서, 견디다 못한 농민들이 두만강을 넘어 러시아로 탈출한 것이었다. 그들에게 병역이란 건 재앙 내지 횡액에 가까웠기 때문에, 유진은 충분한 동기를 부여해서 그들을 동원할 생각이었다.

"그럼 훈련만 받으면 돈도 주고 세금도 면제해 주고 땅도 준다는 거야?"

"그렇다면 거 할 만하네. 젊은 나리가 하는 일이 시원시원한걸."

"칫, 벼슬아치들 말을 어떻게 믿소? 그럴싸하게 꼬드겨서 뜯어 가고 일만 시키는 게 하루이틀 일인가."

"쉿! 이놈 김 가야, 말조심해라. 듣겠다."

봇물처럼 터져 나오는 이야기에 유진은 가볍게 미소를 지었다.

"학교라 하심은 아라사인들의 학교를 말씀하시는 건

가요?"

"그렇습니다. 7세 이상의 아이들은 학교에 다녀야 합니다."

"나리, 그건 걱정 안 하셔도 됩니다. 우리 애들은 이미 서당을 다니고 있는데요."

"조선 사람이라면 굶어도 애들 공부는 당연히 시키죠."

사람들은 고개를 끄덕거렸다.

가난하고 신분이 낮아도 공부에 대한 열망은 강한 것이 조선 사람들의 특징이었다. 유진은 그들의 교육열을 이해했지만, 문제는 방향성이었다.

"서당이 아니라 정규 학교를 다녀야 한다는 겁니다. 서당에서는 전통적인 한학을 가르칠 뿐, 살아가면서 필요한 지식들은 얻지 못합니다."

"나리, 외람되지만 그 무슨 말씀이신지. 조선 사람이라면 당연히 조선식으로 교육을 받아야 하는 거 아닙니까?"

"아라사 학교에 다니면 더 이상 조선 사람이 아니라 아라사인이 되는 것 아닙니까? 아라사 말과 서학만 가르칠 텐데."

"그렇지 않습니다. 여러분 앞에 있는 나를 보십시오. 나는 분명히 러시아 학교에 다니고, 최고 과정인 대학까지 다녔습니다. 그렇다고 해서 제가 조선 사람의 정체성을 잃고 러시아인이 되었습니까? 아닙니다. 내가 오늘날이 제복을 입고 여러분 앞에 설 수 있게 된 것도 다 근대 교육을 받아서입니다. 내 옆에 있는 김학우 군도, 그리고 여러분도 잘 아는 이 마을 출신 최재형 군도 다 교육을 받아서 러시아 사회에서 인정을 받게 된 겁니다. 교육은 이 세상을 살아가는 데 필요한 지식과 힘을 줍니다. 한학은 물론 조선 고유의 전통이지만, 유감스럽게도 시대에 뒤떨어진 것입니다. 러시아 학교에서도 순수한 우리글과 우리 역사를 가르칠 수 있도록 조치를 취하겠습니다. 별도로 학교 수업 외의 시간에 서당을 다니는 것은 말리지 않겠습니다. 하지만 모든 취학연령의 아이들은 앞으로 학교를 다녀야 합니다. 신분의 고하, 남녀도 가리지 않습니다. 모두 다입니다."

유진은 단호하게 말을 마치고 단상에서 내려왔다.

계몽주의적 교육관을 갖고 있는 유진에게 있어 교육은 양보할 수 없는 사안이었다. 앞으로의 교육은 새 시대에 필요한 인재들을 키울 수 있는 교육을 해야만 했다. 그래야 새로운 시대를 여는 초석이 될 터였다.

*　　　　*　　　　*

“이걸 보라고. 주민 조사를 다시하면서 통계를 내보니까 이 근방 취학연령의 아동이 남자 756명, 여자 588명이나 돼. 근데 이주민 마을에 있는 3개 초등학교에 다니는 조선 아이가 다 합쳐 봤자 48명이야. 물론 여자아이는 하나도 없고. 심지어 당국에서 학교를 보내라고 하니까 옆집에 대신 돈을 주고 보내는 경우도 있었다는군. 교육에 대한 거부감이 왜 이리 크지?”

유진은 새로이 조사된 통계자료들을 보면서 혀를 찼다.

“형님, 조선 사람들은 아직 서양 방식에 대한 거부감이 큽니다. 단순히 교육뿐만 아니라 문화 전반에서요. 상투도 의복도 모두 고수하는 걸 보셨잖아요. 다들 언젠가 기회가 되면 조선으로 돌아갈 것이라는 막연한 기대가 있습니다. 물론 이곳에서 훨씬 부유해졌기 때문에 마음만 그런 것이지만요. 그러니까 이 사람들에게 이곳 삶은 조선의 연장선입니다.”

어렸을 때 마을을 떠나서 동포들과의 괴리가 큰 유진보다는 훨씬 그들의 심리를 잘 아는 최재형이 그들을 대변해서 말했다.

"그래, 조선을 잊지 않는 건 좋은 일이지. 나도 절대 그들이 서양인이 되라고 하는 소리가 아니야. 한데 자네도 알다시피, 우리가 오늘날 이렇게 행운을 얻은 이유가 뭐야? 기본적으로 근대교육을 받아서 아닌가? 물론 러시아 선생들에게 맡기는 것에 대한 거부감이 있겠지. 하지만 일단 근대교육을 받아야 우리 동포들도 교사로 만들 수 있을 것 아닌가? 이런 변두리에 제대로 된 교사가 얼마나 있겠어. 새 시대를 살아갈 아이들에게 한학만 가르치는 꼴을 볼 순 없네. 교양으로 따로 배우는 건 말리지 않겠어."

"이건 어디서든 마찬가집니다. 제가 5년 전에 일본에서 봤을 때도, 일본인들 또한 아이들은 신식 학교 보내기 싫다고 전국적으로 폭동이 일어나기도 했습니다. 물론 거기선 경제적인 이유가 좀 더 크지만요. 학교를 보내면 돈이 들고, 가사노동력 하나 줄이는 셈이니까요."

김학우의 말을 최재형이 덧붙였다.

"여기서도 그런 측면도 있습니다. 제가 초등학교를 들

어갔을 때도 아버지 반대가 컸어요. 노동력 하나가 줄어드는 거니까요. 정교회에서 주는 장학금을 받으니까 겨우 간 거죠. 그래도 저 포함해서 4명밖에 안 갔습니다. 그리고, 이쪽 지역의 학교들은 정교회에서 세운 것이라 아이들을 학교에 보내면 모두 천주쟁이가 될 거라는 불신이 강합니다."

"그래서 가능한 경제적 부담 없이 교육을 하려 하네. 나도 겪어 봤지만 종교 수업은 형식적인 거니까 그러려니 하면 그만이야. 그리고 새로 만든 학교는 모두 국립으로 할 거니까 종교색은 최대한 배제할 것이네. 그러니 무엇보다 능력 있는 교사를 확보하는 게 급선무인데……. 여긴 러시아에선 변두리 중의 변두리니 누가 오려 들겠어. 결국 조선 아이들을 공부시켜서 교사로 만들어서 그 애들의 동생들을 가르칠 수 있게 만들어야 해. 아무튼 김 군 자네가 마을들을 돌아다니면서 잘 좀 설득시켜 봐. 곧 새로 시작하는 학기에 최대한 많이 집어넣을 수 있도록."

"네, 알겠습니다."

"최 군은 어때? 훈련은 잘 되어 가고 있나?"

"네, 원래 총 쏘는 건 능한 사람들이니까요. 포술보다는 정규군에 걸맞는 집단훈련에 더 신경 쓰고 있습니다."

"그래, 좋아. 본격적으로 추수철이 되면 언제 또 마적들이 국경을 넘을지 모르니 대비를 해야 해. 가급적 빨리 전력화되면 좋지. 겨울부터는 젊은 친구들도 훈련시킬 거니까, 그들이 모범이 되어 주면 좋겠지. 군사훈련에 대한 저항감이 없도록 철저히 준비해야 돼."

측근들에게 지침을 마친 유진은 어느새 식어 버린 차 한 잔을 마시고 자리에서 일어섰다.

"바쁘시군요. 이번엔 어디로 가십니까?"

"음, 가장 남쪽 끝에 있는 크라스노예 셀로란 마을에 갈 예정이네. 여기도 150가구 800명 정도가 살고 있다더군. 그럼 다들 수고하고 또 보세."

유진은 말을 타고 꽤 넓은 땅을 종횡 중이었다. 고려인들이 사는 마을들을 모두 직접 눈으로 보고 실태를 파악하기 위해서였다. 남쪽의 두만강변에 있는 크라스노예 셀로에서 북쪽의 아무르강변에 있는 블라고슬로벤노예—사만리—까지 넓은 땅에 이주민이 퍼져 나가 살고 있었다. 유진은 인간의 영역이 닿지 않던 미개척지를 농토로 개척한 그들의 열정과 노고에 감탄함과 동시에 여전히 낡은 관습에 묶여 사는 모습이 안타까웠다. 그가 보기에 이곳 고려인 주민들은 조선에 사는 동포들은 말할 것도 없고, 유럽에 사는 농노 출신 러시아 농민들보다 훨씬 나은 삶을 영위하고 있었다. 토지는 넓고, 지주의 압력은 거의 없으며, 관리의 탐학도 드물었다.

땅은 넓지만 인구는 희박한 연해주의 여건이 만든 축복이었다. 비록 춥고 토지가 척박하긴 해도 미국의 서부처럼 충분히 기회의 땅이라 부를 만한 곳이었다. 유진은 이곳을 부강하게 만들어 조선으로 하여금 변화의 촉매제로 삼고 싶었다.

러시아인들이 '아름다운 마을(크라스노예 셀로)' 이라고 부르는 마을은 바다에서 가깝고, 두만강에서도 지척에 있는 곳이었다. 마을에 도착해서 현지 주민의 안내를 받던 유진은 불과 10리 밖에 두만강이 있음을 확인했다. 강 건너편은 바로 조선이었고, 다른 쪽은 청나라였다.

'여기서 조선을 바라보니, 작년에 다시 조선에 갔던 것이 꿈만 같아. 대치 선생님이나 오서창, 그리고 계손향……. 오랫동안 아무런 연락이 없으니 걱정하고 있으려나. 언젠가 다시 조선으로 돌아가고 싶지만, 여기서

할 일이 있으니.'

두만강 건너를 보며 잠시 감상에 빠져들었던 유진은 고개를 돌려 주변의 지형지물들을 살펴보다 의문이 들었다.

"그런데 여기는 오래전부터 조선 사람이 산 것 같군요. 옛 성의 흔적 같은 게 남아 있는걸 보니."

"아, 여긴 녹둔도(鹿屯島)라고 해서, 옛날에는 조선 땅이었습니다. 지금 나리가 보고 계신 것이 옛 진(鎭)의 흔적입죠. 한동안 사람이 안 살다가 10년 전 기근 이후 다시 조선 사람들이 들어와 살고 있습니다."

"녹둔도라고요? 여긴 섬이 아니지 않소? 강은 흘러도 섬은 아닌데……."

"저도 잘 모르겠습니다. 옛날엔 섬이었다고 하는데, 저희도 녹둔도란 말만 들었지 거기가 어떻게 된 줄 몰랐으니까요. 기근 때 먹고 살려고 두만강을 넘어와 이 땅에서 살기 시작하게 된 겁니다. 사람이 안산 지 꽤 오래돼서 관아에서도 손을 놓고 있었습죠."

'흠, 그렇다면 강에 퇴적물이 쌓여서 육지화 되어 버린 건가? 아무튼 작은 땅이라 할지라도 국토는 국토인데, 이 땅이 러시아에 멋대로 귀속되는 동안 뭘 하고 있

었던 건지…….'

"나리께서 이곳에 대해 관심이 있으신가 보군요. 그럼 보여 드릴 게 있습니다."

안내인은 무언가 생각이 난 듯 유진을 어디론가 인도했다.

"이 마을 출신 김걸 장군이 오래 전에 되놈들을 무찌른 흔적입죠. 그 기록을 남겨 놓은 승전비입니다. 자, 이쪽으로."

그가 안내한 곳은 기와로 지붕을 만든 정자 안에 대리석이 서 있었다. 앞에 울타리가 쳐져 있었지만 사람이 들어갈 수는 있었다. 크기고 사람 키만 하고 넓이도 70㎝ 정도 되는 기념비에는 '勝戰碑' 라는 큰 글씨가 새겨져 있었다.

"김걸 장군은 이곳 수비대장이었던 이순신 장군과 함께 엄청나게 용맹한 장수여서 쳐들어온 되놈들을 모두 무찔렀다고 합니다."

매우 흥미가 동한 유진은 울타리를 넘어 안으로 들어가, 기념비에 새겨진 옛 과거와 대면했다. 옛 한문을 해석하는 데 큰 부족함이 없었다.

"어디 보자. 만력(萬曆) 15년, 호적(胡賊)들이 강을 넘어 침범해와 우리 백성을 죽이고 납치했으나, 경흥부사(慶興府使) 이경록(李慶祿)과 조산만호(造山萬戶) 이순신(李舜臣)이 이를 격퇴하였다…….”

유진은 기억을 더듬어 보았다.

예전에 돌아가신 아버지로부터, 300여 년 전 충무공 이순신이 여진족과 전투를 벌인 곳이 경흥에서 멀지 않다고 했었다. 그렇다면 그곳이 바로 여기 녹둔도였다. 아버지는 무관답게 옛 조선의 장군들에 대해 잘 알고 있었고, 그중에서도 충무공을 나라를 구한 최고의 장군으로 꼽았다. 유진이 본능적으로 일본을 경계하는 이유는, 어쩌면 아버지로부터 끊임없이 임진년 일본의 침략과 조선의 항전에 대한 이야기를 들어서일지도 몰랐다.

“두고 보아라. 내 비록 지금은 종육품 종사관에 불과하다만, 언젠가 충무공처럼 나라를 위해 이 한 목숨 바쳐 큰 공을 세울 것이니라.”

“과연 그렇군요. 이 기념비는 300년 전에 충무공 이순신 장군이 조산 만호로 이곳에서 근무했을 때 적을 무찌른 승전비입니다. 근데 여기엔 ‘김걸’이란 인물에 대한 이야기는 없는데……."

"나리, 쇤네 같은 무지렁이들이 어떻게 한문을 읽겠습니까요. 그저 조상님들 때부터 입에서 입으로 전해 들은 것이죠. 그저 이순신 장군과 김걸 장군이 오랑캐 되놈들을 필마단기로 통쾌하게 무찔렀단 이야기를 수없이 들었습니다."

하긴 전설과 민담이란 것이 구전되는 과정에서 과장된 것일 터였다. 그가 아버지에게 들은 바로는, 이순신의 녹둔도 전투가 그렇게 큰 승리라는 이야기는 듣지 못했다. 오히려 용맹하게 싸우고도 북병사에게서 모함을 받아 백의종군을 했다고 한다. 아버지는 현재의 북병사로부터 모함을 받아 두만강을 넘어가야 했던 것을 대비하면서 씁쓸하게 말했다.

"그래도 충무공께서는 백의종군하여 큰 공을 세워 죄를 씻고 나라의 큰 장수가 되었지만, 나는 결국 이국땅에서 나라를 위해 한번 싸워 보지 못해 보고 죽을 운명이로구나……."

유진은 무관으로 근무하던 시절의 아버지 생각이 떠올

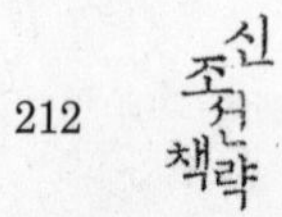

라 씁쓸하게 웃었다. 죄를 뒤집어쓰고 넘어온 이국땅에서 아내와 딸을 잃고 쓸쓸하게 죽은 것은 아버지 같은 충신에게 어울리는 죽음이 아니었다. 아버지의 원혼은 두만강을 넘어 다시 조선 땅으로 돌아갔으리라.

옛 상념에 빠져들던 유진은 불현듯 무언가 생각이 지나쳐 갔다.

"이 이야기가 주민들 사이에서 유명한가요?"

"그러믄요, 김걸 장군 이야기라면 어른부터 애들까지 이 근방 사람이라면 모르는 사람이 없습니다."

'전설이 역사성을 띠게 될 때 그것보다 더 효과적인 선전이 또 있을까? 이 이야기를 잘 활용해야겠다.'

유진은 이순신 장군의 승전에 대한 이야기를 잘 포장해서, 여전히 병역에 대한 거부감이 있는 조선 사람들의 군사훈련을 위한 선전용으로 쓸 생각이었다.

국경 너머의 마적들은 언제나 조선 사람들의 안전과 재산을 노린다.

하나 300년 전 그때처럼 무장하여 용감히 맞서 싸우면 반드시 승리할 것이다. 불패의 명장 충무공 이순신 장군의 혼이 깃든 땅에서 우리는 승리할 수밖에 없다!

따지고 보면 이 녹둔도뿐만 아니라 연해주 지역이 지

금은 잊혀진 왕국, 옛 발해의 영토였다. 이 땅에 살게 된 고려인들은 모두 천 년 만에 돌아온 발해의 후예인 셈이었다.

조상들의 잃어버린 고토(古土) 위에서 그 후손들이 새로운 이상사회를 구축한다면, 이 얼마나 뜻 깊은 일인가.

'아버지, 아버지가 원하셨으나 끝내 이루지 못하셨던 걸 전 반드시 해내겠습니다. 저는 아버지의 영웅이셨던 충무공이 그러했듯 우리 동포들이 평화롭고 행복하게 살아갈 수 있도록 최선을 다하겠습니다.'

유진은 우연히 만나게 된 역사의 기록 앞에서 다시금 자신의 각오를 다졌다.

9장

이상(理想)

근래에 러시아 한 나라는 우리와 인접하게 되어서 단지 두만강 한 줄기를 한계로 삼아 있는데, 청나라도 또한 일찍부터 입술과 이빨의 관계가 되어 국경을 마주 보며 견제하고 있습니다. 저 러시아는 기세가 맞수끼리 바둑판을 대한 사람과 같아서 '먼저 착수하면 상대를 제압한다'는 기술을 구사하려고 합니다. 그러므로 러시아가 멀지 않아 갑자기 침입하리라는 점에 국가의 우려가 없지 않습니다.

그런데 함경도 한 도는 국가의 북문이고 한 도의 육진도 또한 국가의 북문의 자물통입니다. 지금 눈으로 본 것을 가지고 말씀드린다면, "어린싹을 자르지 않고 두었다가 장차 굵은 가지를 도끼로 찍어내어야 하는 경우"가 없지 않을 것입니다. 그러므로 16년래 청나라와 러시아국에 머물면서 대략 그 국경을 엿보고 실상을 정탐한 결과

〈아국여지도〉 1본 및 정탐기록 초략을 사출하여 삼가 천문에 보고하고 창합(閶闔)에 아룀으로써, 만에 하나라도 잘못될까 염려하시는 성상(聖上)의 근심을 해소해 드리고자 합니다.

—김광훈(金光薰) · 신선욱(申先郁), 〈청아여지형정석의서(淸俄輿地形情釋義序)〉

* * *

가을이 되자, '붉은 수염의 오랑캐들', 즉 홍호자라 불리며 공포의 대상으로 통하는 마적들은 순순히 조선 사람들이 무장을 마칠 때까지 기다려 주지 않았다.

추수철에 마적들이 쳐들어오는 것은 연례행사였다. 예년처럼 마적들은 국경을 넘어 행동을 시작했다. 그 무렵

포수들로 구성된 '까레이(고려)' 대대 제1중대는 짧은 기간 동안 착실히 훈련을 받아 과거의 포수에서 군인으로 변모해 가고 있었다.

유진과 베벨 대위는 마적들의 동선을 예측해서, 예상되는 길목마다 1개 소대씩 배치를 했다.

"홍호자들이다!"

찢어지는 외침과 함께, 지축을 흔드는 말발굽 소리가 들려왔다. 방어선을 치고 대기 중인 소대에 긴장감이 배여 들었다.

"사정거리에 들어올 때까지 쏘지 말고 기다린다. 옳지, 더 와라……."

소대장이 냉철하게 명령하자, 병사들 역시 훈련받은 대로 침착하게 대기를 했다.

"소대 거총……."

"끼리야아아아앗—!"

기마대가 거침없이 달려왔다. 거리를 재던 소대장은 마침내 명령을 내렸다.

"됐다, 소대 사격!"

타다다당!

40여 개의 총구에서 일제히 불이 뿜어져 나왔다. 천

둥번개와도 같은 공격에, 세상을 집어삼킬 기세로 달리던 말들이 픽픽 쓰러져나갔다.

병사들은 재빨리 재장전하여 제2발을 쏘기 시작했다. 예상치 못한 저항에 직면한 마적들은 대응 사격을 했으나, 사거리에서 상대가 되지 않았다. 병사들이 무장한 베르당 소총은 마적들의 총보다 훨씬 사거리가 길었다.

약탈로 잔뼈가 굵은 홍호자는 자신들이 이기지 못할 상대라는 걸 직감적으로 깨닫고 그대로 말머리를 돌려 철수하기 시작했다. 부상을 입고 쓰러져 있는 동료들도 버리고 갈 정도로 황망한 철수였다.

"와아— 이겼다!"

"만세! 이겼다!"

마적들은 10여 구의 시체와 그 비슷한 수의 부상자들을 남겨 놓고 퇴각했다. 고려대대에게 있어선 작지만 값진 승리였다. 스스로 무장하여 마적들과 맞서서 거둔 첫 승리였던 것이다.

"홍호자놈들, 막상 싸워 보니 별거 아니구만."

"함경도에서 호랑이 때려잡던 우리가 마적 따위야, 핫핫."

"일어서, 인마. 엄살 부리지 말고."

병사들은 포로로 잡힌 마적들을 꽁꽁 묶어서 지신허 마을로 개선행렬을 했다.

그동안 마적들의 등쌀에 시달려 살던 주민들은 일제히 환호성을 내지르며 환영했다.

"꼴좋다! 이 쳐 죽일 도적놈들. 언제까지 우리가 너희에게 당하고만 살 줄 알았냐?"

"그럼그럼, 이제 저놈들 좋은 시절은 끝이다, 하하."

마을에선 즉석에서 잔치가 열렸다. 그들은 자신들의 힘으로 홍호자를 무찔렀다는 데에 진심으로 감격했다.

노보키옙스크의 집무실에서 소식을 전해 듣고 한달음에 달려온 유진 또한 기쁘긴 매한가지였다.

고려인 마을의 평화와 안정을 해치는 눈엣가시 같은 홍호자들의 기세를 처음으로나마 꺾은 것이었다. 기존에는 고려인들이 청원하면 러시아군이 출동해서 적을 몰아내는 정도였지만, 이제는 그들 스스로 적을 무찌른 것이었다. 이것은 중요한 성취였다.

포로들은 심문을 위해 러시아 군영으로 보내졌고, 병사들도 열을 맞춰 군영으로 귀대했지만 유진은 기뻐하는 마을 사람들에게 붙잡혔다.

"나리, 나리께서도 한잔 받으십쇼. 나리의 공이 큽니다."

"에에, 싸운 건 병사들인데 내가 무슨……."

"나리가 아니면 누가 군대를 조직할 생각을 했겠어요? 받아요, 받으시라니까."

'더 이상 사양할 수 없겠군.'

"이게 다 신령님과 이순신 장군님의 가호 아니겠어."

"맞아, 충무공이 거둔 승리의 재현이로군!"

지나친 과장이었지만, 유진은 자신이 의도적으로 퍼뜨린 소문이 긍정적인 효과를 발휘하는 것을 보면서 흐뭇해졌다. 이제 주민들은 더욱 자신감을 갖게 될 것이고, 젊은이들은 군사훈련에 대한 거부감이 줄어들 터였다.

이미 청년들 중에선 개선한 병사들을 부러워하며 자신은 언제 총을 받을 수 있냐며 문의하는 이들도 있었다. 곧이어 2소대와 3소대 역시 마적의 침입을 막아 냈다는 보고가 도착하자, 마을은 더욱 축제 분위기가 되었다. 작은 승리에 도취되어 지나친 자만을 부리면 독이 될 터이지만, 적어도 하루쯤은 즐겨도 될 터였다.

"나리, 나리께선 나이가 어떻게 되십니까?"

술기운이 오르자 예전에는 높은 관리라고 유진에게 거리감을 두던 사람들도 그의 곁으로 몰려들었다.

"무오년 생이오만."

"이제 스물넷인데, 젊은 나이에 벌써 높은 사람이 되다니."

사람들 사이에서 부러움과 찬탄 같은 게 흘러나왔다.

"결혼은 하셨습니까?"

"아니오, 아직."

"아니, 나리처럼 인물도 훤칠하고 신분도 높으신 분이 왜 여태 결혼을 안 하셨단 말입니까?"

"그러게나 말이오."

"과년한 딸 가진 집구석들은 관리 잘해야겠구만."

"이놈 박 가야, 어디 언감생심 욕심을 부리느냐. 네놈 딸이 나리 눈에 퍽이나 차겠다."

"뭐 이놈아? 내 딸이 어디가 어때서! 우리 언년이가 아령에서 제일 미인인데!"

"김칫국 그만 마시고 술이나 처마셔라, 이놈아!"

자신이 농담의 대상이 되었지만 유진은 유쾌하게 함께 웃었다.

'높으신 분'에 대한 경계가 어느 정도 허물어진 것이었다. 나이 든 미혼자에 대한 농담은 조선 사람들 사이에서 흔히 있는 풍습이었다. 결혼에 대한 이야기가 나오자, 유진은 불현듯 예카테리나가 생각이 났다.

'카챠, 역시 내가 한 선택은 잘한 선택이었던 것 같아. 비록 여긴 페테르부르크와 비교조차 할 수 없는 냄새나고 누추한 벽촌에 불과하지만, 내 이상을 펼칠 수 있는 곳이니까.'

유진은 자신의 인민주의적 이상이 차츰 구현되는 것 같아 더 없이 기뻤다.

러시아의 수많은 급진적 지식인들이 이상적인 농촌 상을 그리며 지방에 투신했지만 뚜렷한 결과를 본 사람은 없었다. 하지만 유진은 자신은 해낼 수 있다는 자신이 있었다.

"나리, 나리!"

낯익은 고려인 하사관이 유진의 집무실로 뛰어 들어왔다. 그는 고려대대의 하사관이었다.

"무슨 일인데 그렇게 호들갑이야?"

"다, 당했습니다. 완전히 당했어요."

"뭘 당해?"

"마적놈들이, 그놈들이 그냥 도망친 게 아닙니다. 우리 병사들이 주둔한 곳을 우회해서, 두만강을 넘어 조선 땅을 휩쓸고 강 하류의 마을들을 공격했습니다!"

"뭐라고?!"

유진은 그 당혹스럽고도 끔찍한 소식에 당황했다. 홍호자의 기동력과 교활함을 너무 얕잡아 본 것이었다. 그들은 러시아 쪽의 방비가 두터워지자 두만강을 건너 조선을 습격하고, 다시 강을 건너 하류의 고려인 마을들을 공격한 뒤 한 바퀴를 돌아간 것이었다.

유진은 병사들과 함께 녹둔도가 있는 두만강 하류의 마을들로 급하게 내려갔다. 그러나 이미 그곳은 마적들의 습격으로 참화의 현장으로 바뀌어 있었다. 가옥들은 불이 탔고, 가족들을 안전히 피신시키기 위해 급한 대로 낫과 곡괭이를 들고 저항하던 남자들은 모조리 피살당했다. 그들의 저항으로 다행히 처자식들은 도망갈 수 있었지만, 일부는 그들에게 따라잡혀 끌려가 종적을 알 수가 없었다. 불과 몇 달 전에 번영하는 마을의 모습이 지옥도로 바뀌자 유진은 기가 막혔다.

"아이고, 순덕이 아바이, 이렇게 가면 우린 어떡하라고……."

"아바이…… 아바이……."

남편과 아버지의 시신을 끌어안고 울부짖는 아내와 아

이들을 보면서 유진은 참담하다 못해 깊은 증오가 끓고야 말았다.

"이 개새끼들……."

유진은 깊은 자책감이 들었다.

포수들을 징집한 것이 오히려 각 마을의 방위력을 약화시킨 셈이었다. 물론 그들 몇 명이 있었다고 해도 다수의 마적에게 맞서 싸우다 죽었을 뿐이었겠지만, 이건 이성적으로 생각할 수 없는 여지의 것이었다.

"형님 잘못이 아닙니다. 형님은 최선을 다하셨어요."

"그렇다곤 하지만, 그래도 막을 수 있었는데……."

"여기선 지금까지 늘상 있었던 일입니다. 이 사람들은 언제나 죽음을 염두에 두고 살고 있지요. 재산을 갖고자 하는 마음도 없습니다. 있어 봤자 마적들이 다 털어 갈 테니까. 하지만 형님이 처음으로 방도를 찾은 것이고 지금은 그 시행착오일 뿐입니다. 너무 자책하지 마십시오."

최재형이 나이에 걸맞지 않은 냉철함으로 유진을 위로하자, 무력감에 빠져 있던 유진은 정신을 되찾았다.

지나간 일을 되돌릴 수는 없을 터였다. 그렇다면 보완책을 마련해서 다시는 같은 일을 반복하지 않게 만드는 것이 책임을 진 자의 의무였다.

"마적들의 기동력이 생각 이상이야. 도로도 제대로 정비 안 된 여기선 확실히 말이 최우선이지. 그렇다고 당장 기병을 조직할 수도 없고, 카자크들에게 그때마다 구원 요청을 할 수도 없고……."

기병들로 구성된 카자크 백인중대가 마적들의 뒤를 쫓기 시작했지만, 이미 그들은 한참은 도망을 쳤을 터였다.

녹둔도에 남아 장례와 재건을 지휘하던 유진은 대안 방책에 골몰했다. 계획대로라면 겨울부터 군사훈련을 시킬 터였지만, 각 마을마다 있는 소수의 부대로는 각개격파 당하기만 십상이었다. 그렇다고 병력을 집중시키자니 마을 간의 거리는 멀고 마적들의 기동력을 따라잡을 수가 없었다. 고민을 하던 유진에게 최재형이 소식을 물어왔다.

"형님, 혹시 '네눈이' 라고 들어보셨습니까?"

" '네눈이' 라고? 그게 뭔데?"

"이 근처 시데미 반도에 사는 양코프스키란 러시아인 목장주의 별명인데, 우리 동포들이 그를 그렇게 부른다더군요."

"어째서?"

"대단한 무용담입니다. 양코프스키는 마적들의 약탈에 맞서서 독자적으로 자경단을 운영하고 있는데, 실제로 마적들에 맞서서 꽤 성과를 내기도 했고요. 거기에는 조선 사람들도 상당수 끼어 있답니다. 근데 작년 초에 양코프스키가 마적들을 추격할 때, 매복해 있던 두목이 그를 뒤에서 저격하려고 했다는군요. 그런데 놀랍게도 낌새를 챈 얀코프스키가 재빨리 몸을 날려 총을 쏴서 오히려 마적 두목을 죽였다고 합니다. 그래서 뒤에도 눈이 달려 있다고 '네눈이'의 전설이 만들어진 거죠."

"그래? 그거 참 대단하군. 그런데 어떻게 마적들을 추격까지 할 수 있는 거지?"

유진은 생생한 무용담에 흥미가 동했다.

"이 사람의 목장이 말 사육 전문이어서, 그의 자경단은 모두 기병이랍니다. 추격하는 정도가 아니라 만주 국경까지 넘어 들어가 싸운 적도 있다더군요."

"그래? 내가 왜 여태 이런 사람을 몰랐던 거지. 만나 봐야겠군. 시데미 반도? 지금 그가 거기 있다던가?"

"그러실 것 같아서 미리 알아 놨습니다. 농장에 머무르고 있다는 군요."

"역시, 자네답군. 좋아, 말 나온 김에 여기 일 마무리 되는대로 당장 가자고."

유진은 씩 웃으면서 최재형의 어깨를 툭 쳤다. 어쩌면 그가 마적을 막는 데 중요한 조언을 제공할 수 있었고, 또 '네눈이' 양코프스키란 인물에 대한 흥미가 생겼다. 그 정도로 사격술이 뛰어난 사람이 이런 극동의 벽지에서 살고 있다면 무언가 사연이 있을 터였다.

*　　　*　　　*

시데미 반도에 있는 미하일 양코프스키(Mikhail Jankowski)의 목장을 방문하기 전, 러시아 관헌을 통해 그에 대한 간략한 정보를 들을 수 있었다.

첫째로 그가 원래 폴란드인이라는 것, 둘째로 죄를 짓고 시베리아로 유배를 온 이라는 것이었다. 그 이후 차르의 사면을 받아 연해주 지역에서 10년 전부터 살고 있으며, 전임 군정지사의 허가를 받아 시데미 반도에 말 사육 목장을 열었다고 한다. 그러나 정치범 출신이라 여전히 경찰 입장에선 요주의 인물이라는 것이었다.

"이력만 봐도 파란만장하군. 시베리아로 유배된 정치

범이라, 보통 인물은 아니겠는걸.”

양코프스키의 목장에 가까워질수록 ‘네눈이’의 전설은 구체성을 띠었다. 목장에서 일하는 사람들이 주로 고려인이고, 그의 자경단에도 고려인 포수와 사냥꾼들이 가담해 있었던 것이다. 러시아의 행정력이 거의 미치지 않는 이 지역에선 그의 자경단이 실질적인 수비대 노릇을 하고 있어서, 인근에 거주하는 고려인들의 인망이 매우 높았다.

네눈이의 전설도 고려인들이 널리 알린 것이었다.

반도는 지형적으로 늪이 본토를 가로막고 있어 인간의 흔적이 거의 닿지 않은 듯 자연이 펼쳐져 있고, 오리, 거위, 백조, 사슴, 꿩 등 수많은 야생동물들이 살아가고 있었다. 요새와도 같이 튼튼하게 지은 큰 벽돌집과 목장만이 인간의 흔적을 보여 주었다.

“안녕하십니까? 방문을 예고했던 8등 문관 유리 알렉산드로비치 김입니다.”

“어서 오십시오. 미하일 양코프스키입니다.”

큰 키와 건장한 체격을 가진 장년의 사내가 반도 입구에서 유진을 반겼다. 그는 흡사 사냥꾼처럼 총을 어깨에 둘러메고 모피와 털모자를 입고 있었다.

"말씀 많이 들었습니다. '네눈이'의 전설이 우리 동포들 사이에서 매우 유명하더군요."

"하하, 소문은 늘 과장되기 마련이지요. 저도 귀하의 이야기에 대해서 좀 들었습니다. 고려인 중에선 처음으로 차르의 관료가 되었다고."

양코프스키는 웃음을 띠고 호의적인 태도로 목장을 안내했다.

들은 것처럼 적지 않은 고려인들이 목장에서 일하는 중이었다.

"귀하의 동포들은 정말 성실하고 순박한 사람들입니다. 농부로서 더할 나위 없이 유능하고요. 저 역시 그들의 덕을 많이 보고 있지요."

양코프스키의 목장은 소, 양, 돼지 등도 키우고 있었으나 역시 주로 키우는 것은 말이었다.

"말이 아주 훌륭하군요."

"예, 품종개량에 공을 좀 들었지요. 원래 이 근처 말들은 체격이 작지만, 교배를 통해 지금의 체격을 갖출 수 있었습니다. 들어오면서 보셨겠지만, 이렇게 손님이 오는 경우를 제외하면 육지로 통하는 길을 막아서 외부 침입이 거의 불가능합니다. 그 덕택에 말들을 우리 밖에서 자유롭게 방목했더니 쑥쑥 자라더군요."

연해주에서 흔히 볼 수 있는 만주나 조선의 말들은 비교적 체구가 작았지만, 양코프스키의 말들은 건장하고 날씬하게 몸이 뻗어 있었다. 말에 대해 잘 알지 못하는 유진도 좋은 말로 보였다.

"본토로 통하는 입구를 막은 것은 안전을 위해서입니까?"

"그렇지요. 여기도 얼마 전까지는 마적에게 크게 시달렸습니다. 그뿐만 아니라 호랑이들까지 말썽이라 아예 평상시엔 출입구를 봉쇄해 놓고 있습니다."

"호랑이라고요?"

"작년 겨울에도 호랑이가 침입해서 말 몇 마리를 죽였지요. 물론 그놈도 그 대가를 치르게 됐지만 말입니다. 저희 집 거실 바닥에 깔려 있는 가죽이 바로 그놈의 흔적입니다."

양코프스키는 호기롭게 지난 일을 설명했다. 그의 사냥 경력은 그의 집 이곳저곳에 걸려 있는 박제와 가죽으로 증명할 수 있었다.

"제 안사람 올가입니다."

양코프스키가 소개하는 아내는 딱 봐도 러시아인이 아

니라 동양인이었다. 아이를 품에 안고 있던 그녀는 반갑게 조선말로 인사를 했다.

"안녕하세요."

"아, 안녕하세요. 혹시……?"

어설픈 억양이긴 해도 반가운 말에 혹시 동포가 아닐까 싶어 유진은 놀라운 표정이 되었다.

"하하, 아닙니다. 올가는 부랴트족—몽골계— 출신입니다. 이곳에서 일하는 고려 사람들을 통해 말을 배우게 된 거죠. 아무래도 언어의 근친관계가 있나 봅니다. 저는 아무리 해도 쉽게 못 배우겠던데."

"아, 그렇군요."

"아이 이름은 귀하와 같은 유리입니다. 저와 달리 이 아이는 그야말로 본토박이 극동 사람이죠. 아, 올가, 손님에게 다과(茶菓) 좀 부탁해."

응접실에 앉아 차 한 잔을 주고받은 후, 얀코프스키는 찾아온 목적에 대해 물었다.

"차르의 관리께서 어쩐 일로 누추한 목장까지 찾아 주셨는지요."

유진은 지난 일에 대해 설명하고, 그가 목표하는 바에 대해 말하자 얀코프스키는 고개를 끄덕였다.

"농민들로 하여금 자위력을 갖춘다, 훌륭한 생각입니다. 이 지역은 치안의 부재가 제일 심각하니까요. 다만 마적들이 워낙 교활하고 신출귀몰해서 막기가 쉽지는 않을 겁니다."

"그래서 귀하의 경험에 대해 이야기를 좀 듣고자 합니다. 이 근처 주민들의 말에 의하면 '네눈이'가 아니면 이미 다들 죽은 목숨이라고 하더군요."

"그렇게 대단한 이야기는 아닙니다만, 사실 이곳만 해도 마적들의 습격으로 크게 황폐화된 적이 있습니다. 저보다 먼저 정착했던 분도 마적의 습격으로 아내와 아이를 잃었지요. 처음에는 막느라 급급했습니다만, 지금은 적을 쫓아 만주까지 추격한 바 있습니다. 비결은 간단합니다. 적의 기동력에 맞서려면 아군도 기동력을 갖춰야지요. 제가 이끄는 자경단은 50명 정도 됩니다만, 모두 승마와 사격술에 능합니다."

"과연 그렇군요. 귀하의 자경단에는 고려 사람들도 상당수 있다고 들었습니다만."

"네, 모두 훌륭한 사냥꾼이자 포수들이지요."

"가장 유능한 사람들은 모두 여기 있었군요. 마땅히 선생께서 책임지셔야 할 일입니다."

유진은 빙긋 웃으면서 농담을 했다.

"무슨 말씀이신지요?"

"말씀드렸다시피 제가 새로 모집한 중대는 주로 포수들로 구성되어 있는데, 가장 유능한 포수들이 이곳에 있었으니 책임을 져야 한다는 것이지요. 어떻습니까, 선생의 자경단을 정식으로 부대에 합류시키려고 하는데……."

유진의 제안에 양코프스키가 난색을 표했다.

"말씀은 고맙습니다만, 다들 생업이 있는 사람들이고, 무엇보다 그들이 떠나게 되면 이 주변은 누가 지키겠습니까?"

"마적의 침입에 능동적으로 대처하려면 무엇보다 기병이 절실히 필요합니다. 다른 곳이 약탈된다면 이곳만 안전한 것이 무슨 의미가 있겠습니까."

"음……."

잠시 생각 속에 잠겨 있던 양코프스키는, 이윽고 입을 열었다.

"이건 저 혼자 결정할 수 있는 사안이 아닙니다. 사람들과 의논을 한 후에 말씀드리도록 하지요."

"감사합니다. 그럼 좋은 소식 기다리도록 하겠습니다."

유진은 양코프스키의 목장에서 며칠을 더 머물렀다. 시데미 반도는 양코프스키만의 유토피아라고 해도 과언이 아니었다. 인간의 흔적이 닿지 않았던 미개척지를 몇 년 사이에 훌륭한 목장으로 탈바꿈한 것이었다. 그가 이곳에서 얼마나 공을 들였는지 짐작할 수 있었다.

"자경단원들과 의견을 나눠 보았습니다. 그들도 더 많은 사람들을 지킬 수 있다면 기쁘겠다는군요. 합류하도록 하겠습니다."

"정말 감사합니다. 마음이 든든해지는군요."

"다만……."

"말씀하십시오."

양코프스키가 씁쓸한 어조로 말했다.

"다만 저는 사면을 받았다고는 하지만 여전히 정치범 신분이라, 행동에 제약이 있습니다. 저는 여전히 경찰의 감시를 받는 처지입니다. 이 점을 고려해 주셨으면 합니다."

"그 점이라면 염려 마십시오. 제가 상부에 완전 사면에 대해 건의를 올리겠습니다. 경찰의 감시는 즉각 해제

하도록 하죠."

유진의 호언장담에 양코프스키의 얼굴도 폈다.

"귀하의 권한이 꽤 막강한가 봅니다. 독자적으로 부대 운영을 하고, 경찰에게도 명령을 내릴 수가 있다니."

"제가 달고 있는 직함이 이 지방에 대한 전권 위원이라서……. 뭐 그렇게 됐습니다."

"어떻게 그렇게 젊은 나이에 그런 자리까지 오를 수 있었던 겁니까?"

유진은 최대한 간략하게 지난 일들에 대해 설명했다. 그의 이야기를 듣던 양코프스키는 놀라운 표정으로 변했다.

"쉽게 믿기 힘든 일이지만, 참 대단하군요. 부럽기도 하고요. 저는 그 나이에 시베리아에서 강제노동을 하고 있었는데……."

"실례가 안 된다면, 선생께서도 지난 일에 대해 말씀해 주시겠습니까? 어쩌다가 이 머나먼 곳까지 오게 되었는지를."

"귀하께서 목숨을 구한 바로 그 차르에게 반역한 죄로 시베리아에 가게 됐지요. 그게 벌써 20년은 다 돼 갑니다."

양코프스키는 약간 냉소적으로, 그러나 회한에 찬 표정으로 지난 일을 떠올렸다.

"원래 저는 폴란드 출신입니다. 혹시 1863년 1월 봉기에 대해 아십니까?"

"예, 들어서 알고 있습니다. 폴란드 사람들의 독립 투쟁이었죠."

그 이야기라면 예카테리나에게서 익히 들어 알고 있었다. 어쩌면 그도 그녀의 아버지 미하일로프스키와 같은 신세였을 것이라는 생각이 강하게 들었다.

"잘 아시는군요. 그때 저는 갓 스물이었죠. 폴란드 독립에 대한 열망으로 불타오르던 저는 독립운동 조직에 가담했습니다. 의지는 강했지만, 현실은 중과부적이었습니다. 우리는 패배했고 결국 러시아의 법정에 서고 말았죠. 저는 귀족 작위 박탈, 전 재산 몰수, 시베리아에서 8년간 강제노동 형을 선고 받았습니다."

"고생이 많으셨겠군요."

"처음엔 그랬습니다. 노동 한번 해 본 적 없던 귀족이 시베리아의 금광에서 채굴작업을 해야 했으니까요. 그래도 죽은 사람들과 비교하면 운이 좋았죠. 다행히 5년 뒤에 사면을 받았지만, 거주제한을 받아서 고향으로 돌아갈 수는 없었습니다. 금광에서 일한 경력을 살려서 한동안 금광 지배인으로 일하다가, 연해주 지역의 자연을 탐사하는 탐험대의 일원이 됐습니다. 이곳저곳을 많이 탐사했습니다. 배를 타고 조선의 동해안에도 가 봤지요. 그중에서도 특히 이곳을 처음 봤을 때는 천국에 온 느낌이었습니다. 그리고 아내를 만나 이곳에 정착하기로 결정한 겁니다. 목장을 건설하고, 지난 3년간 열심히 일했지요."

폴란드에서 유라시아 대륙의 동쪽 끝까지 이르는 파란만장한 여정에, 웬만한 사람들보다 다양한 경험을 해 본 유진조차도 압도되는 느낌이었다.

"돌이켜 보면 힘든 일도 많았지만, 저는 지금 삶에 만족합니다. 이곳에 와서야 제 안식처를 찾은 느낌입니다. 그러니까 더더욱 지금의 삶을 지키고 싶지요."

"이해가 됩니다. 저도 굳이 상트페테르부르크를 마다하고 이곳까지 온 이유가, 제 동포와 고향을 지키고 발전시키고 싶어서입니다."

"듣고 보니 귀하께서도 참 독특하시군요. 동포애, 이상향……. 젊었을 때에는 누구나 그런 이상을 품지만, 그래도 막상 그걸 실천하는 사람은 드물지요. 저도 한때 그런 걸 믿었습니다만. 제가 귀하의 동포들을 특히 아끼는 이유도, 어느 정도는 맥이 닿아 있습니다. 중국, 일본, 러시아 사이에 끼인 약소국 조선이 러시아와 독일, 오스트리아 사이에 찢어진 내 조국 폴란드의 처지와 비슷한 느낌을 받아서이지요."

서로 진심을 밝히는 과정에서, 출신과 인종, 나이를 넘어서 유진과 양코프스키 사이에는 통하는 무언가가 있었다. 양코프스키가 들고 온 술을 주고받으면서 두 사람은 의기투합 했다.

"어휴, 정말 독한 술이군요. 폴란드 사람들도 보드카를 즐겨 마시나요?"

"원래 보드카의 원조는 폴란드입니다. 지금은 러시아를 대표하는 술이 돼 버렸지만요. 뭐, 저번에 마셔 보니 조선술도 만만치 않게 강하던데."

"추운 지방 사람들이라 그런지 술을 너무 독하게 마셔요. 작년에 조선의 서울을 가 보니 이렇게까지 독하게 안 먹습니다."

그렇게 술을 주고받다가 유진은 완전히 뻗어 버리고 말았다. 다음 날 해가 중천에 떠서야 부스스한 모습으로 일어선 유진은 숙취로 한참 고생을 했다. 양코프스키 부인이 해장을 하라고 가져온 뜨거운 고기 스프를 먹고 바냐—러시아식 사우나—에서 땀을 빼고 나서야 정신을 좀 차렸다.

"유리 알렉산드로비치, 정신이 좀 들었습니까?"

목장 주인이 웃으면서 유진에게 인사를 건넸다. 숙취로 고생하는 유진과 달리 완전히 쌩쌩한 모습이었다.

"에에, 덕분에."

"자, 이거 부탁하신 겁니다."

양코프스키는 유진에게 무언가 적혀 있는 종이를 전했다. 라틴 문자로 써져 있어서 읽어 보려고 시도했지만, 유진이 알지 못하는 말이었다.

"이게 뭐죠? 폴란드어인가요? 저 폴란드어 모르는데……."

"이런, 어제 일이 기억 안 나는 건가요. 어제 이걸 저한테 러시아어에서 폴란드어로 번역 부탁한다고 하지 않았습니까."

"예? 제가 그랬다고요?"

유진은 기억을 더듬어 보았지만, 생각나는 게 없었다. 어제 하도 술을 많이 먹어서 기억이 가물가물했다.

"허허, 이것 참. 이 편지글을 보고도 생각 안 난다고

하지는 않겠죠."

양코프스키는 장난스러운 표정으로 새로운 종이를 유진에게 넘겼다. 유진은 러시아어로 적힌 내용을 읽다가 얼굴이 새빨개지고야 말았다.

"아니, 이, 이건……."

"이제야 기억이 나시는 모양이군. 어떤 아리따운 폴란드 아가씨가 당신 마음을 쏙 빼앗아 갔는지, 기회가 되면 나도 한번 보고 싶군요. 핫핫핫."

유진은 그때서야 모든 게 기억이 났다. 술에 취한 유진은 좋아하는 여자 없냐는 양코프스키의 말에 지난 일을 떠벌렸다. 말 나온 김에 당장 편지라도 써야겠다면서, 술기운을 빌려 예카테리나에게 보내는 연서(戀書)를 쓴 것이었다. 이왕이면 그녀의 모국어인 폴란드어로 쓰고 싶단 생각에, 제정신이라면 절대로 부탁하지 않을 연서의 번역을 양코프스키에게 청한 것이었다. 일이 이 지경에 이르자 유진은 쥐구멍에라도 숨고 싶은 심정이었다.

"양코프스키 씨, 음, 이건, 잊어 주십시오. 제가 어제 너무 취했나 봅니다. 안 하던 짓을 다 하고……. 으으으."

"하하하, 아니 뭐, 남자가 여자를 좋아하는 것은 지극히 자연스러운 일 아닌가요. 특히 젊은이라면 더욱 그렇죠. 다만 그 정도로 좋아하는 아가씨를 떼어 놓고 이 머나먼 극동까지 오다니, 당신도 어지간히 심지가 굳은 사람이군요."

"저보다는 그녀 쪽이 더 심지가 굳죠. 전 아무것도 아닙니다."

유진은 씁쓸하게 웃자, 양코프스키는 얼굴에서 웃음을 지웠다.

"그래도 그 편지는 보내도록 하세요. 이왕 쓴 김에. 그 아가씨도 당신의 편지를 기다리고 있을 겁니다."

유진은 예카테리나가 극동에 도착하면 편지를 쓰라고 한 것을 기억하고 있었다. 뭐라고 써야 할지 몰라서, 일이 바쁘다는 핑계로 차일피일 미루고 있었던 참이었다. 술기운이라도 빌려서 쓴 게 오히려 다행일지도 몰랐다.

"그래야죠. 아무튼 번역 감사합니다."

유진은 시데미를 떠나기에 앞서, 다시금 양코프스키의 목장을 둘러보았다. 방목하고 있던 말을 보던 유진은 무언가 생각이 미쳤다.

"원래 계획에는 없었지만 기병도 훈련을 시키려 합니

다. 이곳의 말들이 아주 훌륭한데, 군마용으로 말을 납품하는 것은 어떻습니까? 보수는 넉넉히 지불하겠습니다."

"진심입니까?"

"예, 물론."

유진의 제안은 양코프스키 입장에서도 괜찮은 것이었다. 말을 사육해서 정기적으로 군에 납품한다면 그보다 더 안정적인 거래처는 없었다.

"좋습니다. 그리하시지요. 가장 좋은 녀석들로 고르겠습니다."

"다음에 올 때는 기병 장교와 같이 오겠습니다. 그럼 다시 뵙길 기원합니다."

"귀하라면 우리 목장에 언제든지 대환영입니다."

유진과 양코프스키는 굳게 악수를 나누었다. 불과 알게 된 지 며칠이지만, 두 사람은 어느새 가까운 벗이 된 것처럼 마음이 통했다.

* * *

긴 겨울이 끝나고, 1882년의 봄이 밝았다. 돌이켜보면 지난 한해는 유진에게 있어 다사다난한 한해였다.

지구를 반 바퀴씩 두 번 도는 동안, 유진의 상황은 천지개벽처럼 변한 것이었다. 작년 초에 페테르부르크에 도착했을 때만 해도 상상조차 할 수 없었던 변화였다.

이제 유진에게는 그가 책임져야 할 2만여 명의 동포가 있었다. 새로이 인구조사를 한 결과, 러시아령에 거주하는 고려인은 총 29개 지역에 2,640호, 20,313명이었다. 그동안 누락된 수가 그만큼 많았던 것이었다.

인구가 희박한 극동 러시아 지역에서는 상당한 숫자였고, 조선 조정에서도 인구의 유출에 대해 걱정할 만큼의 인원이었다. 생각보다 많은 숫자라 유진은 군대의 인원 배치와 교육 확대에 대한 계획을 수정해야만 했다.

춥고 긴 겨울 기간에도 유진은 일을 쉬지 않았다. 새로 건설할 학교들과 농한기의 첫 군사훈련을 준비해야 했던 것이다.

청년들은 1년 농사를 마치고 그나마 쉴 수 있는 겨울에 군사훈련을 받는 것에 대해 불만이 있었지만, 유진의 장담대로 급료를 넉넉히 지불했기 때문에 만족하는 이들도 많았다.

다만 생전 처음 받는 군사훈련이 워낙 고되어서 이곳저곳에서 불평이 터져 나왔다. 러시아군의 훈련 강도와 군기는 엄격한 편이었는데, 그 과정에서 장교나 하사관이 사병을 구타하는 것은 비일비재였다.

훈련을 참관하던 유진은 자신의 눈앞에서 벌어지는 구타에 대해 향후 엄금하는 조치를 내렸지만, 지휘관들이 군은 독자적인 영역이라고 지시를 따르길 거부했다. 자신의 계획에 대한 군의 협조는 필수적이었기에 유진은 불쾌함을 참을 수밖에 없었다.

교육 문제도 절반의 홍보와 절반의 강제로 학교에 등록하는 아이들의 수가 훨씬 많아졌다. 갑작스럽게 늘어난 학생 수에 비해 부족한 교사(校舍)와 교사(教師)를 충당하느라 겨울철에도 쉴 수가 없었다.

자잘한 일까지 직접 개입하던 유진은 결국 몸에 무리가 와서 몸져눕고야 말았다. 주위에서 걱정할 만큼 지독한 독감이어서, 꼬박 몇 주를 자리에 누워야만 했다. 의사의 진단에 따르면 폐렴에 걸리지 않은 게 그나마 다행이라고 할 정도였다. 유진이 젊고 건강한 육체를 가졌기에 금방 회복될 수 있었다.

그러나 정신적 피로는 계속 압박감처럼 유진을 눌러버리고 있었다. 그가 신경 써야 할 일이 한두 가지가 아니었던 것이다. 연해주 지역은 러시아의 행정력이 거의 미치지 않았고, 관료의 수도 부족했기에 한 사람이 해야 할 일이 엄청났다.

재작년까지만 해도 일개 대학생에 불과했던 유진은, '제복이 사람을 만든다' 는 나폴레옹의 말처럼 막상 책무를 맡게 되자 특별히 배운 것도 없이 믿기 어려울 정도로 유능한 행정가의 모습을 보여 줬다.

그가 일을 맡게 된 지 반년 만에 고려인 사회는 상당한 변화를 겪고 있었다. 그 변화를 긍정적으로 받아들이는 이가 많았으나, 모두가 만족하는 일이 아니었다. 그들의 눈에는 서양 물을 먹은 유진이 조선의 '전통' 을 파괴하려는 이로 보였던 것이다.

초봄의 어느 날, 유진은 고려인 마을에서 소요 사태가 일어났다는 소식을 듣고 한달음에 달려가야 했다.

도착하자 그들이 분노한 이유를 듣게 되었다. 고려인 거주 지역으로 파견된 정교회 신부가 전통적인 장승과 사당을 미신이자 이단으로 규정해서 러시아인들을 동원해서 파괴하려 했던 것이었다.

소문을 듣고 격노한 마을 사람들은 무기를 들고 사당 주위로 모여들었다가, 이윽고 정교회 성당을 포위하기에 이르렀다. 유진은 심각성을 느꼈다. 이들을 물러나게 하지 않으면 결국 러시아 군경이 출동할 판이었다.

"진정, 진정들 하세요. 새로 온 신부가 조선의 전통에 대해 무지해서 그런 것이니, 다시는 이런 일이 없도록 강력히 주의를 주도록 하겠습니다."

사실 사당 같은 것을 미신으로 생각하는 것은 근대 교육을 받은 유진도 매한가지였지만, 사람들의 전통적인 믿음을 존중해서 긁어 부스럼을 안 만들려는 것이었다.

"이런 일이 처음이 아니오! 아라사인들은 우리 조선 사람들의 풍습을 이해하지 못해요."

"우리 애들을 아라사인의 학교에 보낼 수 없소! 저들의 말과 저들의 풍습만 배우다 면 우리 애들은 완전히 아라사인이 되고 말겁니다!"

"아라사 군인의 부림을 받으며 훈련 받는 것도 싫소!"

주민들의 저항은 유진이 새로 도입한 학교교육과 군사훈련에 대한 거부로 이어졌다.

러시아 신부의 사당 파괴는 폭발점이 된 것이었다. 아무리 그에 따르는 보상을 해도 사람들은 아이들이 러시아 학교에 가고, 추운 겨울철에 고된 군사훈련을 받는 것에 불만이 누적된 것이었다.

"그건 다 여러분과 여러분의 자식들의 미래를 위한 것

이라고 몇 번이나 설명하지 않았습니까? 그리고 러시아 교사의 가르침을 받거나 군인의 지휘를 받는 건 일시적인 현상일 뿐입니다. 향후 여러분이 교사가 되고 군인이 된다면 될 것 아니오!"

"나리, 나리가 '관리' 이듯이 우리는 '농부' 입니다. 나리 같은 사람들이야 출세하기 위해서 그들의 교육도 받고, 군대도 가야겠지만 농부인 우리가 뭣 때문에 저들의 학교를 다니고 훈련도 받아야 한다는 겁니까?"

그 말에 유진은 무거운 것으로 머리를 내려친 것 같은 충격을 받았다.

"누군 뭐 태어날 때부터 학생이었고, 어렸을 때부터 관리였나? 교육을 받으니까 관리도 될 수 있었고, 당신들 앞에 이렇게 서 있게 된 것 아닌가? 당신들더러 러시아에 충성하라는 게 아니라, 러시아를 이용하라는 것이라고!"

"흥, 나리! 나리는 우리와 달리 양반 출신인 거 다 압니다. 더군다나 아라사의 녹봉을 받는 나리가 평생 땅패기나 붙이며 사는 우리 사정을 어찌 잘 안단 말입니까?"

"우린 나리처럼 서양식으로 살고 싶지 않소. 우릴 그냥 살던 데로 내버려 두란 말이오!"

물론 미관말직이더라도 벼슬을 지내던 아버지 밑에서

태어났기에 어릴 때부터 한학 교육을 받았고, 그 영향으로 공부를 더 수월하게 했을지는 몰라도 오늘날의 그를 만든 것은 근대적인 교육이라고 믿는 유진에게 농민들의 태도는 충격적이었다.

"형님, 여기는 제게 맡겨 두시고 일단 물러나시지요. 제가 설득해 보겠습니다."

유진을 수행한 최재형이 조심스럽게 권유했다.

"자네도 저자들 하는 말 들었나? 날 무슨 러시아 앞잡이 취급하는군!"

"저들의 세계관은 형님과 근본적으로 다릅니다. 저들을 진심으로 아낀다면 이해하기 어려워도 이해해 주셔야지요."

동포들의 적대적인 태도에 배신감을 느끼던 유진은 그 말에 이성을 찾고 자리에서 물러났다.

"농민들이 포위를 풀고 모두 집으로 돌아갔습니다."

"그래……. 수고했네."

인근 관서에서 다 식은 차와 함께 기다리고 있던 유진은 안도감과 더불어 허탈함을 느꼈다.

"왜 1870년대에 나로드니키—인텔리 출신 러시아 인민주의자—들이 농촌에 갔다가 농민들에게 두드려 맞고 쫓겨났는지 알 것 같군."

유진은 씁쓸하게 웃자, 최재형이 반론했다.

"오랜 전통 속에 살아온 사람들이 그들의 삶을 금방 바꾸겠습니까. 러시아 땅에 와서 까레예츠, 고려인이라고 불려도 조선 사람들은 조선 사람입니다. 그래도 세상은 바뀌고 있습니다. '유리 알렉산드로비치 김'을 부러워하고 본받고 싶어 하는 젊은이들도 많아요. 그들은 형님의 모습까지 흉내 내려고 단발을 하고, 양복을 입고, 신교육을 받으려 합니다. 그것에 대해 못마땅하게 생각하는 어른들이 있고, 그걸 다 형님 탓이라고 생각한 겁니다. 제 아버지께서도 제가 러시아 학교에 다니는 것에 매우 못마땅하게 생각하셨지만, 지금은 다행이라고 생각하십니다. 시간의 흐름만이 변화를 느끼게 해 줄 겁니다. 그러니 너무 조급해하지 마십시오."

20대 초반이라는 나이에 걸맞지 않게 훌륭한 통찰력을 가진 최재형의 설득에 유진은 고개를 끄덕였다.

"자네 말이 맞아. 자네야말로 그 변화의 상징 아니겠나."

함경도 노비의 자식으로 태어났지만 반듯하게 성장해서 고려인 사회의 중책을 맡게 된 최재형의 사례야말로 변화의 상징이었다.

"한데 이런 상황은 좀 뼈아프군. 상부에선 나를 관료의 위치를 망각한 조선인 민족주의자 취급하는데, 오히려 그 사람들은 날 러시아 앞잡이 취급을 하니……. 이도저도 아닌 입장이로군, 내 참."

"네? 무슨 일이 있으셨습니까?"

"아니, 특별히 이야기 할 만한 건 아니네. 수고 많았어, 그만 가서 쉬도록 해."

입 밖으로 드러내진 않았지만 이미 유진은 일부 러시아 관리들에게 지탄의 대상이었다.

듣도 보도 못한 애송이 동양인이 상관으로 오게 된 것도 불쾌한 일인데, 그가 지나치게 자신의 동포들의 권익만을 신경 쓴다는 비난이 일고 있었다.

토지 재분배도, 고려인을 위한 교육과 군사훈련도 러시아의 국익이 아니라 그들을 위한 일일 뿐이라고 공박했다. 힘없는 이주민인 고려인에 대한 러시아 지주와 군인들의 횡포가 없잖아 있었기 때문에, 보고를 받은 유진이 제일 먼저 한 일도 그들의 부당한 행위를 금지시킨 것이었다. 그것도 은근한 비난의 대상이 되었다.

"이런 비판들이 나오는 걸 알고 있나?

"……금시초문입니다."

직접 듣지는 않았어도 충분히 나올 법한 이야기라, 유진은 내심 코웃음을 쳤다.

"내가 자네를 처음 봤을 때, 자네가 러시아와 차르의 관료라는 걸 잊지 말라고 했던 것 같은데……."

"잊지 않았습니다, 각하."

유진은 공손한 태도로 군정지사 펠트하우젠 소장의 말에 대답했다.

"자네의 출신 민족이 어디든 간에, 자네는 폐하의 황은을 입은 제국의 관료야. 자네 동포들을 아끼는 건 좋지만, 다른 관리들에게서 이런 비판이 제기되는 건 분명히 문제가 있어 보이는데."

"각하, 제가 하는 모든 조치는 제국의 국익을 위해서입니다. 제 동포들도 폐하의 신민이라면, 러시아인과 똑같은 의무와 권리를 가질 자격이 있기 때문입니다."

"원론적인 이야기야. 자네는 그렇게 생각할지 몰라도, 자네 동포들도 그렇게 생각하나?"

"……."

"특히 군에서 불만이 많네. 자네가 임의적으로 러시아 군인들을 처벌했다면서. 전권 위원이라지만 사법권이 부여된 건 아닐 텐데, 너무 지나치게 행동하는 거 아닌가?"

"각하, 저는 심각한 부당 행위를 바로 잡았을 뿐입니다. 그리고 저는 정당한 절차를 밟았습니다. 이 점은 재판을 주재한 노보키예프스크의 판사님께서도 동의하신 일입니다."

유진은 자신이 떳떳했다.

몇몇 러시아 군인이 '백조 사냥'을 한다는 말을 들었을 때, 그는 진심으로 격노했다. 흰 옷을 고수하는 조선인을 '백조'라고 부르면서, 심심풀이로 그들에게 총을 겨누고 위협을 하며 심지어 죽이는 일까지 발생했다고 하자, 유진은 단호하게 체포를 명령했던 것이었다.

모든 증거가 명백하자 사태의 심각성에 대해 동의한 지방 판사도 사형을 판결하고, 공개적으로 집행할 것을 명령했다. 그러자 뒤늦게 군에서 군기 해이에 대한 반성은 하지 못할망정 군인을 민간법정에서 재판하여 임의로 사형시켰다고 유진과 판사에게 비난의 화살을 돌린 것이었다.

"흠, 그런 일이 있었나……. 사실이라면 분명 심각한 문제였군."

"그렇습니다. 민간인에 대한 부당한 위해는 정명정대해야 할 폐하의 군대에서 있어서는 안 될 일입니다."

"그야말로 변경 중의 변경인 이곳에 배치된 것에 대해 불만이 있는 이들이 있을 테지. 그것이 자연스럽게 군기의 해이와 위법행위로 이어져서, 그런 만행을 저질렀다면 처벌을 받는 게 당연해. 하나 군인은 어디까지나 군율에 의해서만 처벌받을 수 있네. 군 사령관으로 보건대, 자네의 행위는 분명 월권이야."

군정지사는 해당 지역의 행정을 총괄함과 동시에 군 총사령관이었다.

러시아는 투르케스탄, 시베리아, 연해주와 같은 국경 지역에서는 민정이 아니라 군정을 실시했고 그만큼 군부의 권한이 강력했다. 대부분 국경 관료는 군인으로 채워져 있었고, 유진 같은 문관이 오히려 드물었던 것이다.

"제가 책임을 져야 한다면 지겠습니다. 하나 제가 잘못된 행동을 했다고는 생각지 않습니다."

유진이 강직한 태도를 보이자, 지사는 웃음을 흘렸다.

"하지만 행정관으로 보건대 자네 행동은 틀린 게 없네. 그런 행위가 묵과된다면, 민심이 흔들리지 않을 수가 없지. 확실히 젊어서 그런가, 융통성이 좀 부족한 것 같군. 이번 일은 군에서도 도저히 용납할 수 없는 범죄라서, 군사재판에 갔어도 무조건 사형이었을 거야. 군부에서는 자존심 상한 게 기분이 나쁜 거지, 재판 내용이 틀렸다고 생각은 안 할 걸세."

"……앞으로 유의하겠습니다."

"뭐, 나는 모처럼 만난 의욕 있는 젊은 관료의 기세를 꺾고 싶지 않아. 자네가 사심 없이 공명정대하게 일을 처리하길 바라네. 다시 한 번 강조하지. 러시아 제국에선, 나 같은 독일계도, 스웨덴계도, 폴란드계도, 투르크계도, 자네 같은 고려계도 다 폐하의 신민일 뿐, 민족적 입장이란 건 없네. '민족주의'에 경도되는 것은 용납하기 어려워. 알겠나? 난 자네처럼 미래가 창창한 관료를 잃고 싶지 않네."

군정지사의 은근한 협박이 섞여 있는 조언에 유진은 쓴웃음을 지을 수밖에 없었다. 그의 말처럼 수십 개의 민족이 있지만 오직 단 한 사람 차르에게 충성을 바쳐야 하는 나라, '민족의 감옥'인 러시아에서 '민족주의자'는 곧 불순분자나 마찬가지였다. 양코프스키에게 듣기로, 과거에는 폴란드 지역의 관리는 대부분 폴란드인으로 채워져 있었지만 1831년 독립 전쟁에 폴란드 군인들도 대거 가담한 이후 군인은 전부 러시아인으로 물갈이 되었고, 1863년 독립 전쟁 이후로는 초등학교 교사조차 러시아인으로 채워졌다.

유진이 하려는 행정 조치들이 민족주의적 태도라고 누군가 작정하고 모함을 하면 얼마든지 걸려들 수 있는 것이었다.

유진은 점차 러시아 제국의 8등 문관이라는 자신의 위치가 걸맞지 않는 옷이라고 생각이 되었다. 차라리 재작년에 처음 작정했던 것처럼 조선에 돌아가는 것이, 심리적으로는 훨씬 편할 것 같았다.

그래도 한번 시작한 일은 끝까지 책임을 질 생각이었다.

여기서 자신이 사직하고 사라지기라도 한다면 2만의 동포는 작년 이전의 상황으로 다시 돌아가게 될 터였다. 설령 그들이 그것을 원한다 할지라도 유진은 미래를 위해 계획했던 바를 실천으로 옮길 생각이었다.

봄이 되어 초목이 색깔을 입기 시작하자, 농민들은 늘 그래 왔듯 농사 준비에 여념이었다. 그리고 그때를 같이 하여 홍호자도 다시 준동을 시작했다.

마적들이 겨울 한철을 보낼 양식을 털어 가는 가을만큼이나 봄철에도 그들의 출몰은 두려운 것이었다. 봄이 되어 부족해진 식량을 마지막 한 톨까지 털어 가는 지독한 놈들이었다.

이미 작년에 당한 기억이 있는 유진은 이번엔 앉아서 당할 생각이 없었다. 기병으로 구성된 양코프스키의 자경단을 국경 인근에 파견하여 정보를 입수하고, 그의 목장에서 구매한 말과 함께 청년 수십을 기병으로 훈련시키고 있었다. 유사시엔 카자크 기병대에게도 부탁하여 두고두고 화근거리인 마적의 준동을 일거에 섬멸할 생각이었다.

러—만 국경 너머의 소식을 들으니, 그쪽 사정은 더 최악이었다.

사실상 청나라의 행정력은 전혀 미치지 않았고, 거의 마적들의 천국이나 다름없었다. 그들은 거침없이 마을들을 약탈하고 정기적인 세금까지 걷어 갔다. 압록강과 두만강을 넘어 청나라의 봉금 지역, 소위 '간도(間島)' 라고 부르는 지역에 정착한 조선 농민들은 중국 지주들과 마적들의 횡포에 고스란히 노출되어 있었다. 그나마 러시아의 보호를 받는 고려인들의 처지는 훨씬 나은 것이었다.

"앉아서 저들의 침입을 기다릴 것 없이, 아예 국경 너머에 있는 저들의 본거지를 쓸어버리는 것이 어떻겠습니까? 의외로 본거지 방어는 허술합니다."

정찰을 다녀온 양코프스키가 유진에게 건의했다. 마적들에게 악감정을 갖고 있기론 그도 누구 못지않았기에 아예 토벌을 제안한 것이었다.

"가능하다면 그러고 싶군요. 문제는 거기가 청의 국경선 안이라, 군대를 이끌고 침입하면 외교적인 문제가 발생할 수 있습니다."

"어차피 국경을 넘어가 봤자 알지도 못할 겁니다. 관리가 파견되어 있어야 알죠. 정규군은 어렵더라도, 자경단과 고려인 비정규군으로 움직이면 가능한 것 아니겠습니까?"

"음……."

유진은 그 제안에 마음이 끌렸다. 마적들이 저지른 만행을 생생히 눈으로 본 그는 절대로 그들을 용서할 수 없었다.

돌이켜 보면 아버지가 돌아가신 것도 결국 마적들의 침입 때문이었다. 그들은 도저히 용납될 수 있는 불구대천의 원수였다.

"좋습니다. 군과 협의해 보지요. 어찌 되었건 지휘권은 그들에게 있으니까."

유진의 제안에, 고려대대의 지휘관 베벨 대위는 난색

을 표했다. 포수들로 구성된 1중대는 이제 상당한 정예화를 이뤄 냈고, 겨울 사이에 조선 청년 수백 명을 훈련시켜서 이제 막 대대의 기틀을 잡게 된 상황이었다.

"중국 국경을 넘어간다는 건 위험한 생각입니다. 외교적인 문제는 어쩔 겁니까?"

"그래서 비정규군인 고려대대만으로 작전을 수행할 생각입니다."

"토벌전을 수행할 정도로 훈련이 잘된 것도 아닙니다. 1중대야 원래 포수 출신이라 이야기가 좀 다르지만, 나머지는 이제 막 총 쏘는 법을 익히고 제식훈련을 해서, 오합지졸을 벗어난 단계일 정도입니다."

"1중대면 충분합니다. 새로 훈련을 받은 이들은 만약을 대비해서 각자 마을을 지켜야죠. 양코프스키의 자경단과 1중대를 합치면 약 200명쯤 됩니다. 자경단은 기마병이고, 1중대원들은 원래 포수와 사냥꾼 출신이니 토벌전도 익숙할 겁니다. 산에서 호랑이 잡던 그들이 사냥감을 바꾸는 것뿐이니까요."

"무슨 말인지 알겠습니다만, 이건 저 혼자 결정할 수 있는 사안이 아닌 것 같습니다. 상부와 논의를 해 봐야겠군요."

"아뇨, 대위님. 고려대대는 정규군이 아니니 상부의 허가를 받을 것도 없습니다. 지휘권은 귀관에게 있고, 기타 행정적인 사안은 제게 책임이 귀속되어 있습니다. 국경위원 마튜닌에게는 이미 지침을 내려놨습니다. 저와 대위님 두 사람이 결정을 내리면 될 일입니다."

유진에 대해 좋게 생각하지 않는 군이, 더욱이 그들과는 관계가 없는 마적 토벌을 승인할 리가 없었다. 마적이 마을에 침입을 하면 출동해 주는 것도 감지덕지인 판국이었다.

"그래도, 이건 소관이 독단적으로 결정할 수 있는 일이 아니……."

"모든 책임은 제가 지겠습니다. 대위님께서는 지휘를 맡아 주십시오."

유진의 간곡한 청에, 결국 베벨은 고개를 끄덕였다.

그도 병사들과 한솥밥을 먹으면서 꽤 정이 들었고, 그들이 홍호자를 얼마나 증오하는지에 대해서도 공감하게 되었다. 또한 1877년에 불가리아 의용군을 이끌고 오스만 군대와 대적한 경험이 있는 그로썬 그때의 기억도 되살아났다. 비정규군이라 할지라도 훈련만 잘되면 얼마든지 정규군을 상대할 수 있었다. 하물며 마적쯤이야.

홍호자 토벌대가 편성될 것이라 하자, 자경단원과 1중대원들은 그 소식을 반겼다. 적잖은 이들이 마적의 횡포에 시달려 왔던 것이다. 마적을 무찔러서 묵은 원한도 갚고, 앞으로 그들의 횡포도 방지할 수 있다면 더 바랄 게 없었다.

홍호자의 세력은 하나로 통일된 것이 아니라 여러 분파의 마적으로 나뉘어 있었다.

이들을 다 토벌할 수는 없는 노릇이라, 가장 횡포가 심한 무리를 토벌하여 본보기로 삼기로 했다.

혹시나 있을 외교적 문제를 방지하기 위해, 홍호자가 먼저 러시아 국경을 넘어와 횡포를 부리면 이를 추격하여 국경을 넘기로 결정하였다.

반격의 와중에 부득이하게 넘어간 것뿐이고, 따지고 보면 청에게도 그들의 준동을 막지 못한 책임이 있었다. 병사들은 소총을 닦으며 예년과 달리 마적의 침입을 기다렸다.

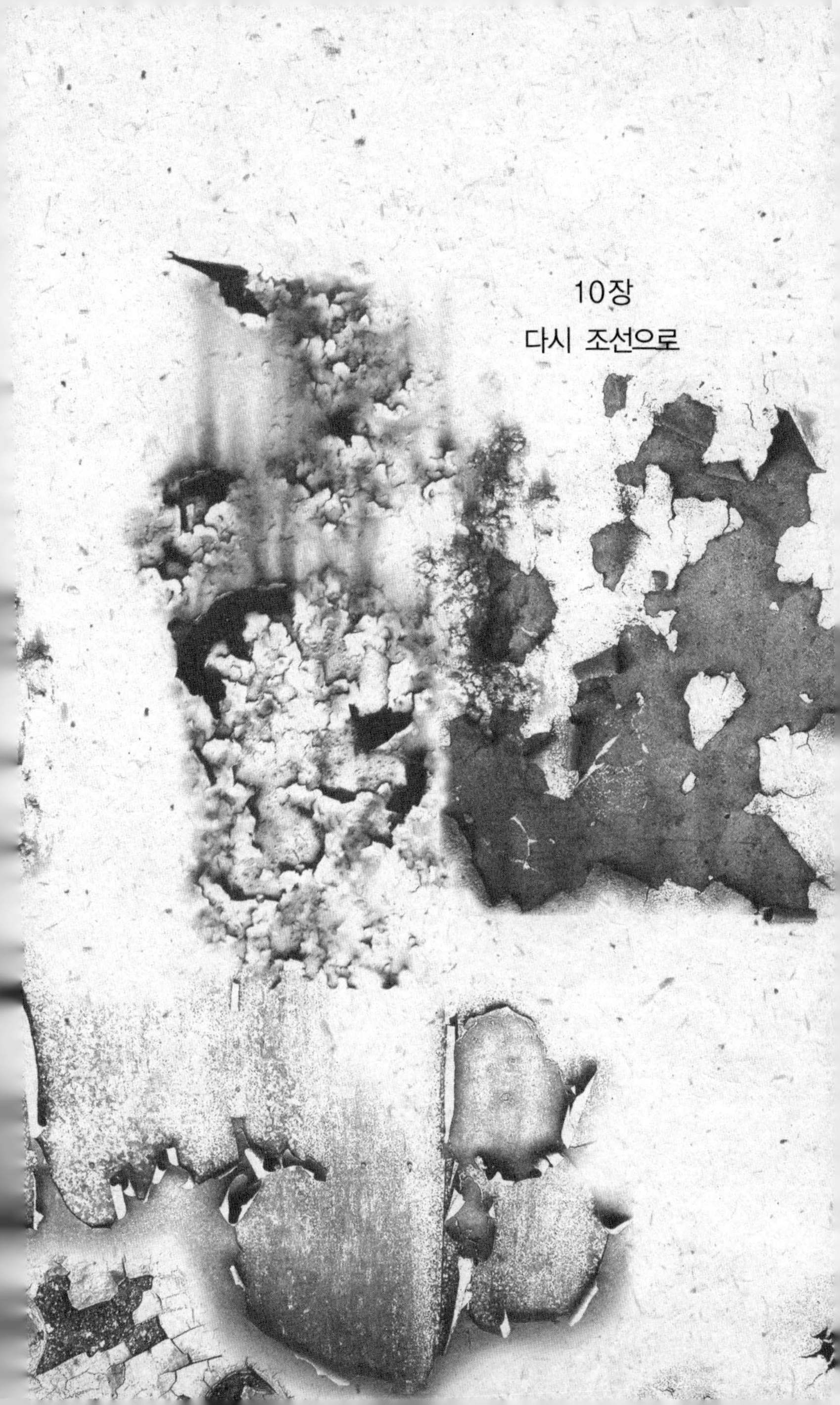

10장

다시 조선으로

상께서 하교하기를,

「저쪽 지역[러시아]에서 돌아온 백성들은 필시 그곳의 상황을 잘 알 것이니, 이들 중에 재주와 지략이 뛰어난 자가 있으면 모쪼록 기무아문(機務衙門)에 뽑아 올려 보내서 수용하게 하라.」

하니, 함경감사 김유연이 아뢰기를,

「삼가 명심하고 널리 채집하겠습니다.」

— 〈조선왕조실록(朝鮮王朝實錄)〉, 신사(1881)년 1월 17일.

*　　*　　*

마침내 4월, 국경 너머 마적 중 가장 강한 세력을 형성하고 있는 '장(張)'의 세력이 준동을 시작했다.

그들은 제법 주도면밀하게 방비가 취약한 곳으로 국경을 넘어 고려인 마을에 대한 공격을 시작했다.

그러나 예년과 달리 러시아의 기병대가 재빨리 출동해서 마적들은 놀라고 말았다. 그들은 양코프스키가 이끄는 다국적 자경단원들이었다. 마적들도 기마 전투라면 이골이 난 족속들이었지만, 신기에 가까운 '네눈이' 양코프스키의 사격술에 기가 질리고야 말았다.

기마 상태에서도 백발백중의 총 솜씨였다. 마적들은 유독 이번이 재수 없다 생각하고 말머리를 돌려 국경 너머로 다시 돌아가려 했다.

소식을 기다리고 있던 중대원들은 마적의 출몰 소식을 듣자, 국경 쪽으로 행군을 시작했다. 유진 또한 이들과 함께 움직였다. 겨울에 바쁜 와중에도 틈틈이 양코프스키에게 총 쏘는 법을 전수 받은 그는 이제 웬만한 표적들은 맞출 수 있을 정도로 사격술을 갖췄다. 실전은 처음이었지만, 예전처럼 도저히 후방에서 소식만을 기다릴 수 없었기에 함께 움직이는 것이었다.

일정거리를 두고 추격을 해 오던 양코프스키의 부대가 국경 근처에서 추격을 멈추자 마적 두목 장가는 일단 본거지로 돌아가 재정비를 한 후에, 다시 약탈 원정을 떠나기로 결정했다.

"가오리빵즈(高麗棒子) 놈들이 이젠 제법 그럴싸한 대응 체계를 갖추는군그래. 로스케놈들 하고 손잡고 말이야. 하나 그 넓은 국경을 어떻게 다 방어하겠냐? 일단 돌아간 후에 만만한 곳으로 다시 국경을 넘는다."

마적 두목은 그들이 국경선에서 멈추는 것을 포고 추격을 포기한 것이라 판단했지만, 그것은 오산이었다. 양코프스키는 1중대 병력이 도착하길 기다리고 있었던 것이었다.

"적의 본거지는 약 15베르스타(1Versta=1.067km) 떨어진 곳에 있습니다."

"수고하셨습니다. 적이 눈치채기 전에 즉시 진격하도록 하죠."

기병 50여 명, 보병 150여 명으로 구성된 부대가 국경 안쪽으로 진입하기 시작했다. 국경이라고 해 봐야 표지판만 있었고, 자연적인 국경도 없어서 숲과 숲 사이엔 사실상 국경이라 할 것도 없었다.

이러니 마적들이 제집 드나드는 것처럼 국경을 넘는 것도 당연했다. 지도상의 선일 뿐이지만 그래도 국경을 넘어선 것이라 긴장이 되었다.

선발대의 안내를 따라 토벌군은 조심스럽게, 그러나 신속히 진격을 시작했다.

보병이 기병의 보조를 맞추기는 어려운 일이었지만 포수들은 함경도의 험준한 산악지대를 누비며 맹수를 상대하던 이들이었다. 러만국경의 타이가 지대는 이들의 행군이 장애물이 될 수가 없었다.

행군 과정에서 마적의 보초가 있기는 했으나 뛰어난 사격술을 가진 포수들이 재빠르게 그들을 저격했다. 그들은 감히 보고할 생각도 하지 못한 채 말 위에서 굴러 떨어졌다.

"이제 거의 다 온 것 같군요. 저 숲 너머가 본거지입니다. 보초를 보는 족족 제거했으니 우리의 공격을 눈치채지 못했을 겁니다."

"좋소, 즉시 기습합시다. 중대원 여러분, 마침내 첫 전투다. 그간 고된 훈련의 성과를 보여 줄 때가 왔다.

비록 마적을 상대하는 것에 불과하다고는 하나, 고려대대의 역사적인 첫 전투에 신의 영광이 함께하기를 기원한다."

"……라고 대위가 말했고, 본관이 몇 가지 덧붙인다. 여러분은 사냥꾼 출신인 만큼, 맹수들과 싸운 경험이 많을 것이다. 우리 앞에 보이는 놈들은 인간이 아니라 바로 그 인간을 사냥하는 맹수라 생각하고 하고 쏴라. 맹수보다 더 사납고, 위험하고, 교활한 놈들이다. 가능한 모조리 사살해야 한다."

대대 통역관인 최재형을 제치고 유진이 직접 베벨 대위의 말을 통역한 뒤 조선어로 명령을 덧붙였다. 지휘관을 무시하는 사실상의 월권이었지만, 러시아 사관들은 조선어를 몰랐기에 아무 문제도 없었다. 유진답지 않은 냉혹한 명령에 최재형은 깜짝 놀랐지만, 유진은 그저 냉소만을 머금고 있을 뿐이었다.

"중대, 돌격!"

대위의 명령과 함께 중대원들이 일제히 돌격을 시작하자, 기병대가 앞장을 서서 돌진했다. 부대의 일원이 되어 함께 돌격하는 유진의 입가에 기묘한 웃음이 번졌다.

*　　　　*　　　　*

"敵襲(적이 습격했다)!"

시야 너머에서 갑작스러운 병력의 움직임을 보고 놀란 망루 위의 보초가 적습을 내뱉었지만, 그는 그 말을 마치자마자 뒤이은 총성과 함께 굴러떨어졌다.

"뭐라고? 대체 어느 놈들이냐?"

"대체 보초는 뭘 하고 있었던 거냐!"

"양인인 것으로 보아 아국(俄國)…… 아, 아니, 머리 모양을 보니까 틀림없는 조선놈들이다!"

"뭐, 조선?!"

경악할 틈새도 없이 다국적으로 구성된 기병대가 본거지로 밀려 들어왔다.

홍호자의 본거지는 변방 마을을 점거해서 개조한 것이었고, 변변찮은 방어 시설도 없었다. 여태껏 토벌대가 당도한 적은 없었기 때문이었다. 그만큼 기습은 충격적이었다.

"정확히 사격하라! 한 놈도 놓치지 말고!"

마적들조차 오금을 지리게 한다는 카자크 기병대만큼은 아니었지만, 양코프스키의 자경단은 비정규군치고는 굉장히 효율적으로 전투를 수행했다. 그들은 기습으로 제대로 대응조차 하지 못하는 마적들을 하나하나 쓰러트려갔다.

"와아아아아—!"

이윽고 고려대대 1중대의 보병들이 본거지에 당도했다. 그들은 그동안 당한 한을 풀듯 마적들을 쏘아 죽이고 총검으로 꿰뚫었다.

빠른 기동력으로 변방을 휘저으면서 무시무시한 약탈자로 군림하던 마적들은 막상 자신들이 기습을 당하자 맥을 못 추고 당하고 있었다.

"이 정도면 거의 일방적인 학살이군."

이미 본거지는 거의 제압이 되었고, 남은 것은 적이 도망을 못 치도록 소탕하는 것뿐이었다. 베벨 대위가 얼굴은 찌푸렸지만, 입으로는 옅은 미소를 지으면서 말했다. 나이는 젊지만 전투에 익숙한 그로선 훈련의 성과가 보이는 것이 만족스러웠다.

"아무리 홍호자라 할지라도 훈련받은 부대를 무슨 수로 이기겠습니까?"

유진은 생전 처음 경험하는 전투였지만, 침착함을 유지하고 있었다.

오히려 그는 처음 실시간으로 살육을 목격하는 사람치곤 이상하다 싶을 정도로 냉정했다. 1878년에 발칸 전선을 순방하면서 근대 전쟁의 비참함을 경험했던 유진이지만, 직접 사람을 향해 총을 쏜 것은 이번이 처음이었다. 그가 중대원들에게 훈시한 것처럼 '내가 쏘는 것은 인간을 해치는 맹수' 라고 자기최면을 걸고 있었다. 처음 총을 잡았을 때의 떨림도, 사람을 한 번 쏴 보자 멎어들었다.

"여기 인질들이 있다!"

마적 몇 명이 끌려와 있던 여인들을 끌어내서 인질로 내세웠다. 그동안 납치되어 행방이 묘연했던 조선 여인들이 틀림없었다.

"어디 쏠 테면 쏴 봐라! 이년들까지 다 같이 죽을 테니까!"

탕!

마적 하나가 조선말을 마치자마자, 총알 한 발이 그의 머리를 정확히 꿰뚫었다. 이윽고 두 발이 여인을 인질로 잡던 치졸한 자들을 정확히 저격했다.

"과연 '네눈이' 답군요! 덕택에 무고한 사람들의 피해를 면할 수 있었습니다."

"과찬의 말씀."

유진이 큰 소리로 외쳤다. 인질을 잡는 것을 보고 양코프스키가 가장 사격술이 뛰어난 조선인 포수 2명을 데리고 측면을 돌아 저격한 것이었다.

"크억…… 커억……"

마적 하나가 완전히 절명하지 않고 피를 토하며 사지를 떨고 있었다. 누가 시킨 것도 아닌데, 유진은 권총을 들어 그의 머리를 쏘았다. 다량의 피와 뇌수가 튀기고, 사지의 떨림이 멈췄다.

그 모습을 지켜보던 양코프스키는 개미 한 마리 못 죽일 것 같던 창백한 인텔리인 유진이 갑작스럽게 냉혹한 인간으로 돌변한 것인지, 아니면 가망 없는 고통을 겪고 있는 이를 죽여서 고통으로부터 해방시킨 것인지 알 수가 없었다.

전투는 이미 종결되었고, 곳곳에 시체가 널 부러져 있었다. 완벽한 승리였다. 시체와 포로를 정리하자 사망 40여 구, 포로는 그 두 배가 넘었다. 퇴로가 차단된 마적들의 광란에 가까운 저항으로 고려대대에서도 희생이 없는 것은 아니라서 9명이 전사했다. 함경도부터 연해주까지 지난 세월을 동고동락한 동료의 죽음에 부대원들은 승리에도 침울해졌다.

끌려왔던 여인들은 곳곳에 널려 있는 피투성이로 변한 시체로 인해 비명과 함께 주저앉았지만, 기약 없는 노예 생활이 끝나게 된 것에 안도감으로 눈물을 흘렸다.

조선인과 중국인이 섞여 있는 그들은 대부분 누군가의 딸이자 여동생, 혹은 부인이었다가 마적들에게 납치되어 끌려온 것이었다.

"어, 너 녹도 박 씨네 둘째딸 아니냐? 살아 있었구나, 야! 네 부모님이 얼마나 걱정했는데, 천만다행이다."

"아이고, 이게 누구요. 지옥에서 부처님 만난다더니, 아저씨 덕택에 살았소."

"삼촌! 삼촌!"

"얘, 복순아, 너 무사했구나!"

곳곳에서 아는 사람들이 나타나 재회를 기뻐했다.

상당수의 부대원들이 가족이나 친지가 마적들로 인해 고통을 겪은 이들이었다. 유진은 전투 시작 이래 처음으로 미소를 되찾고 외쳤다.

"여러분은 이제 자유입니다. 각자 원래 살던 마을이 조선이든, 러시아든, 중국이든 자유롭게 돌아가십시오."

"이제는 고향으로 돌아갈 수 없다고 생각했는데, 우리

조선 사람들이 구하러 온 것이었군요. 세상에 이렇게 고마울 수가…….”

“나리들, 정말 고맙습니다. 정말 고맙습니다.”

여인들은 눈물을 흘리며 감사를 표했다. 그러나 모두가 행복한 결말을 맞이한 것은 아니었다. 한 아이가 뛰쳐나와 유진의 옷을 붙잡고 사정을 했다.

“나리, 나리, 제 언니도 구해 주세요. 언니는 이미 팔려 갔습니다.”

“음…… 어디로 팔려 갔는지는 아니?”

“저도 몰라요. 나리, 저희를 구해 주셨듯 언니도 구해 주세요…….”

유진은 어두운 표정으로 고개를 숙였다. 중국 땅 깊숙한 곳까지 팔려 간 이들까지는 구할 방도가 없었던 것이다.

“포로들 모두 집합시켜. 심문하겠다.”

본거지 중앙 공터에 마적들이 모두 비무장 상태로 무릎 꿇고 앉아 있었다. 홍호자라 불리며 공포의 대상이 되었던 모습은 어디로 가고, 병사들에게 총구를 겨누어진 채 처량한 자세로 있었다.

“너희 중에 조선말 하는 놈, 아니지, 조선인 있나? 있으면 손들어."

마적들 중에 조선인이 있을 것 같다는 심증이 전투 중에 조선말이 이곳저곳에서 들려오며 확증으로 번진 것이었다.

분명히 앞잡이 노릇을 한 인간이 있었기에 그토록 지리에 밝았을 터였다. 쭈뼛쭈뼛 눈치를 보던 이들 중 몇 명이 손을 들었다.

"앞으로 나와."

여섯 명이 앞으로 나오자, 유진은 권총을 빼 들어서 한 명의 머리를 겨누었다.

"히, 히익! 나, 나리, 살려 주십쇼!"

"묻는 말에 똑바로만 대답하면 죽이진 않겠다. 인신매매된 여성들은 어디로 팔려 갔나?"

"그…… 그게……."

"내 인내심을 시험하나? 총알 장전 되어 있다. 빨리 대답해!"

유진이 방아쇠를 당기는 시늉을 하자, 기겁한 놈 하나가 외쳤다.

"저, 저희는 일개 잡병이라 아무것도 모릅니다!"

"정말입니다, 믿어 주십시오!"

"그래? 너흰 원래 뭐하던 놈들인데 마적들하고 한 패가 된 거냐?"

"워, 원래 조선에 살면서 농사 부쳐 먹고 살았는데, 먹고 살기 힘들어 간도에 오니까 청국 지주들 횡포로 조선 시절과 나을 게 하나도 없어서……. 소작 떼이고 헤매다가 여기까지 굴러 들어오게 된 겁니다."

"저, 저도 그렇습니다. 마적질이라도 하면 굶지는 않을까 싶어서……."

"절대 본의로 한 건 아닙니다, 믿어 주십쇼!

그들의 필사적인 변명에 유진은 냉소를 터뜨렸다.

"핑계들은 좋군. 그래서 얼마 전까지 너희와 같은 신세인 사람들을 약탈하고 죽이면서 살았다 이거냐? 장하다, 아주 장해. 너희 모두를 총살해도 할 말은 없겠지?"

"나리, 나리, 살려 주십시오. 한번만 용서해 주시면 다시는 이런 짓 안 하겠습니다!"

"제 목숨은 아까운가 보지? 뭐, 좋다. 여기서 두목이 누구냐? 지목해라."

조선인 마적들은 그것이 마지막 생명줄인 것 마냥 필사적으로 주위를 둘러보다 딱 봐도 마적 두목처럼 생긴 털보의 거한을 지목했다.

"저, 저자가 부두목 왕 가입니다."

"장 가라는 너희 두목놈은?"

"그, 글쎄요……."

"네놈들은 이제부터 내 말을 통역한다. 거기 부두목이란 놈 이리로 끌어내."

왕 가는 패배를 인정할 수 없다는 듯 당당한 태도였다. 서양인만큼 키가 큰 유진이 올려볼 정도로 거한이었다.

"너희들 두목은 어떻게 됐나?"

"이미 죽었다."

"이미 튀었는데 거짓말 하는 건 아니고?"

"못 믿겠으면 찾아보든가. 저기 시체더미 안에 있을 거다."

"좋다. 인신매매한 여성들은 어디로 갔나?"

"지린우라의 매매 시장으로 갔다."

"거기서는 또 어디로 가나?"

"글쎄, 그거야 나도 모르지. 운 좋으면 돼지 같은 지주놈 첩실로 들어갔을 테고, 운 나쁘면 벌써 사창굴로 들어가서 아편에 쩔었겠지."

왕 가는 기분 나쁘게 웃으면서 답했다.

불쾌함이 극도로 밀려온 유진은 총구를 그의 눈앞에 겨눴다. 이제 그 여인들은 납치되었다는 이유 하나만으로 구제할 수 없는 구렁텅이에 빠지게 된 것이었다.

"이 새끼가 진짜 죽고 싶나……! 뭐 그렇게 당당해?"

"죽일 테면 죽여라. 어차피 마적질 하면서 편안히 못 죽을 거라 각오는 했다. 그동안 맘대로 즐기면서 살았으니 여한도 없고. 다만 너처럼 가느다란 백면서생(白面書生)에게 죽을 줄은 몰랐는데 말이야. 그것도 가오리빵쯔들에게 당하다니, 내 참!"

더 말할 가치를 못 느낀 유진은 매고 있던 소총의 개머리판으로 왕 가의 뻔뻔한 주둥이를 후려갈기고, 다른 마적들에게 고개를 돌렸다.

"네놈들 중에, '나는 원래 무고한 농민이었는데, 먹고 살기 힘들어서 어쩔 수 없이 마적이 되었다' 하는 놈들은 손들어."

중국어 통역을 듣고 고개를 돌려 서로 쳐다보던 포로들은 조선인 동료들이 고개를 끄덕거리자 하나둘씩 손을 들기 시작하다 나중에는 거의 대부분이 손을 들었다.

"그러니까, 너희들 대부분이 다 무고한 농민 출신이시다? 마적질은 어쩔 수 없이 한 거고?"

"是! 是!"

어째 상황이 희망적으로 돌아간다고 생각된 마적들은 일제히 '是(그렇다)'의 외침을 내뱉었다.

그들의 생사여탈권을 가진 것처럼 보이는 저 젊은이가 대답 여하에 따라 살려 줄 것 같다는 느낌이 들어서였다.

"하!"

유진은 거침없이 냉소를 터트렸다.

"아주 지랄들을 해라! 그래, 먹고 살기 힘들다고, 조정과 지주가 너희를 착취한다고, 기껏 한다는 게 도적질이냐? 그래서 너희보다 더 불쌍한 사람들을 죽이고, 빼앗고, 강간하면서 그 알량한 권력을 누리니까 그렇게 좋더냐? 썩어 빠진 세상이 인간을 범죄로 내몬다고 해서 범죄가 정당화되는 것은 아니다. 죄를 지었으면 마땅히 대가를 치러야지. 병사 여러분! 그동안의 원한을 갚을 때가 왔다. 모조리 사살하라!"

유진의 청천벽력 같은 명령에 통역하던 조선인 마적들은 물론이고, 고려대대 병사들까지 놀랐다. 그러나 마치 풀어 줄 것처럼 말하던 유진의 태도가 못마땅하던 이들은 그의 갑작스러운 돌변에 만족스럽다는 듯 마적들을 향해 총구를 겨누었다.

"잠깐, 잠깐! 유리 알렉산드로비치, 뭐하는 겁니까?"

최재형에게 돌아가는 상황을 통역 받고 있던 베벨 대위는 갑작스러운 명령에 피우던 담배도 던져 버리고 유진에게 따졌다.

"보시다시피 총살 명령을 내렸습니다, 대위."

"뭐요? 아니, 누구 마음대로? 저들이 아무리 마적이라지만 포로는 포로요! 포로를 적당한 절차도 없이 죽이다니 무슨 생각이오?"

"저자들은 살인, 약탈, 방화, 강간, 인신매매를 저지른 악질 중의 악질들입니다. 저자들을 살려 놔서 또 그런 짓을 하게 만들자고요?"

"누가 그냥 풀어 주자고 했소? 러시아령으로 끌고 가서 재판을 받게 하면 될 것 아니오!"

베벨의 항변에 유진은 정중하지만, 그러나 냉정한 어조로 답했다.

"대위님, 원칙적으로 그래야겠으나 저자들은 법적으로 중국인이고, 우리가 서 있는 이곳도 중국령입니다. 청 조정이 알게 되면 이 일이 국제적인 문제가 될까요, 안 될까요? 청국의 항의가 들어오면 결국 풀어 줄 수밖에 없습니다. 그럴 수야 없지요. 다른 마적들에게 본보기도 보일 겸 이 자리에서 모두 처형해야 합니다."

"그렇다 할지라도, 100명 가까운 포로를 그냥 죽일 수는 없소! 그리고 아까부터 뭔가 착각하는 것 같은데, 이 부대의 지휘관은 나요! 난 이런 임의적인 처형을 허락하지 않겠소."

"좋습니다. 그럼 중대원들의 의견은 어떤지 한번 들어보지요."

유진은 고개를 돌려 병사들에게 외쳤다.

"병사 여러분, 이자들을 어찌하면 좋겠소? 이 자리에서 죽여야겠소, 아님 다시는 마적질을 안 하겠다는 다짐을 받고 풀어 줘야겠소?"

"이게 무슨 소리야. 당연히 죽여야 합죠! 이런 흉악한 놈들을 풀어 주면 또 난리가 날 겁니다!"

"암요! 제 버릇 개 못 준다고, 마적놈들이 풀려나 봤자 마적질밖에 더 하겠소?"

"나는 저놈들한테 내 가족을 잃었소! 죽이지 않으면 그들의 원혼이 나를 꾸짖을 거요!"

"맞소, 모두 죽입시다!"

병사들은 유진의 예상대로 강경한 의견을 쏟아 냈다.

유진은 미소를 지으면서, 그들의 말을 대위에게 통역해 주었다. 사실 통역할 것도 없이 병사들의 격앙된 태도를 보면 알 터였다.

"……그렇다고 하는데요, 대위님. 여기서 저자들을 처리하지 않으면 중대원들이 납득을 하지 못할 겁니다. 우리와 함께 싸워 준 자경단원들도 마찬가지일 거고요. 안 그렇습니까, 양코프스키 씨?"

"저는 유리 알렉산드로비치의 의견에 공감합니다. 마적들의 흉악함을 경험해 본 사람들은 다시는 저자들을 보고 싶지 않을 겁니다. 저도 그렇듯이 자경단원 대부분은 마적들에게 친지를 잃은 경험이 있는 사람들입니다. 모두 죽여야 합니다."

가장 가까운 친구 가족이 마적들에게 희생된 적이 있는 양코프스키도 유진과 병사들의 의견에 공감을 표했다.

"허! 전쟁의 룰에 대해서도 모르는 사람들이 부끄러운 줄도 모르고 떠드는군. 나는 군인으로서 전투를 수행할 뿐이지, 학살을 수행하진 않소!"

"대위님, 옛일을 떠올려 보시지요. 불가리아 비정규군을 지휘해 본 적이 있지 않습니까? 투르크인들을 포로로 잡았을 때, 그들은 포로를 관대하게 처우하던가요? 1876년 4월 학살을 경험한 이들이라면 말입니다. 이 병사들도 적들에게 가족을 잃은 처지는 마찬가지입니다."

유진은 베벨의 옛 기억을 건드렸다.

1876~78년의 발칸 반도는 아비규환이었다. 오랫동안 오스만 제국의 압제를 받아온 불가리아인들은 봉기를 일으켜 투르크인들을 살해하고, 그 보복으로 오스만군이 불가리아인들을 잔인하게 학살하자, 오스만의 사실상 동맹인 영국조차 이를 규탄했으며 러시아는 발칸의 해방을 명분 삼아 전쟁을 일으켰다.

진격하는 러시아군에 합류한 불가리아인들은 다시 포로로 잡힌 투르크인들을 학살했다. 유진이 도착한 것은 상황이 종료된 후였지만, 직접 전투에 참여한 베벨은 그 상황을 너무나 잘 기억하고 있었다.

"그, 그렇다고 해도……. 이건 그저 복수일 뿐이오."

"그렇습니다, 복수지요. 제 고국인 조선에선 원한은 누대(累代)를 가도 잊지 않는 편입니다. 하물며 자신의 일이야! 러시아 육군의 자랑 스코벨레프 장군의 말을 인용하지요. '적을 세게 때리면 때릴수록 평화는 길어진

다.' 오늘 일은 두고두고 본보기가 될 겁니다. 무고한 민간인들을 죽이고 약탈한 자들이 어떤 대가를 치르게 되는지. 자, 그럼."

러시아군의 영웅으로 칭송받는 스코벨레프 장군, 투르케스탄 정복의 영웅이자 대량학살자인 그의 말까지 인용해 가면서 입을 다물게 하자, 대위는 더 이상의 반론을 포기했다.

어떤 말을 해도 눈앞의 이 동양인 문관은 처형을 집행할 터였다. 새파란 나이의 벼락출세자, 개미 한 마리도 못 죽일 것 같은 부드럽고 지적인 인상을 가진 이자가 말이다.

"너희들은 살려 준다. 오늘 일을 다른 패거리들에게 널리 알려지도록 있는 그대로 소문을 내도록. 그리고 이제부터는 마적 일로부터 손을 씻어라. 안 그러면 네놈들도 머리통에 총알이 박히게 될 테니까."

유진은 조선인 마적들을 경고와 함께 풀어 주었다. 모두 죽이면 효과가 없을 터였다. 마적들이 다시는 설치지 못하도록, 그 대가를 똑똑히 알려야만 했다.

"병사 여러분, 처형을 집행하라!"

명령이 내려지자, 총성이 터졌고, 이윽고 비명이 쏟아

져 나왔다. 갑작스럽게 벌어진 피의 향연에도 유진은 고개를 돌리지 않았다.

광란과도 같은 처형이 끝나고, 유진은 한쪽에서 담배를 피고 있던 양코프스키에게 다가갔다. 그가 불을 붙여주자, 유진은 조용히 담배를 피다가 문득 말을 걸었다.

"양코프스키 씨."

"네?"

"어떤 종류의 인간이 대량 살인을 정당화 할 수 있다고 보십니까?"

갑작스러운 질문에 양코프스키는 놀랐다. 본인의 행위에 대한 논평을 요구하는 것 같아서, 양코프스키는 조심스럽게 답했다.

"글쎄요……. 잘 모르겠군요."

"아, 꼭 오늘 일을 말하는 게 아닙니다. 그런 행위를 저지르는 모든 이를 포함해서요. 뭐 아까 말한 스코벨레프 장군이라든지."

"흠, 정신병자? 혹은 살인을 즐기는 자?"

"제 생각엔 아닙니다. 그런 자들은 기껏해야 몇 명만 죽일 수 있지요."

"그럼 어떤 종류의 인간입니까?"

"자기가 하는 일이 옳다고 믿어 의심치 않는 자, 그것이 역사의 정의에 기여한다고 믿는 자. 그런 자만이 살인을 정당화할 수 있습니다."

유진은 담배 연기를 천천히, 그리고 길게 내뿜으면서 자신의 지론을 이어 갔다.

"차르를 시해하려 한 테러리스트, 그라네비츠키를 만났을 때 확신하게 됐지요. 이런 자만이 살인의 정당성을 믿어 의심치 않는다고. 단체 이름이 '인민의 의지'라고 했던가요? 보십시오, 저 병사들을. 이게 바로 인민의 의지입니다. 작년까지만 해도 그들과 그들의 가족을 학대하고 착취하던 홍호자들을, 그들의 의지대로 청소하고 있지 않습니까? 이것이 바로 역사의 진보이자 정당한 귀결이지요."

양코프스키는 기이한 표정으로 유진을 쳐다보았다.

육군 소령에 해당되는 8등관의 제복을 입고 등 뒤에 소총을 메고 있는 이 동양인 젊은이는 마치 그 혁명적 테러리스트 마냥 말을 하고 있지 않은가.

그의 말은 도저히 차르의 관료 입에서 나올 수 있는 말이 아니었다. 한때 차르와 러시아 제국에 맞서 테러를 감행하던 양코프스키조차도 쉽게 이해할 수 없는 말이었다. 술을 마시고 얼굴을 붉히며 좋아하는 여성에게 보내는 편지의 번역을 부탁하던 젊은이가 오늘은 '인민의 의지' 운운하면서 처형 명령을 내리다니.

어떤 게 그의 진정한 모습인지 산전수전을 다 겪은 양코프스키로서도 쉽게 가늠이 되지 않았다.

"내 고국 조선에서도……."

유진은 피우던 담배를 던지고 발로 밟아서 불을 지져껐다.

"언젠가 이런 날이 오게 될 겁니다."

* * *

홍호자 토벌을 마치고 돌아온 유진에게는 민중의 환호와 상부의 질책이 동시에 쏟아졌다.

고려인 이주민들은 그들의 삶을 위협하는 가장 두려운 적인 홍호자를 고려인들 스스로의 손으로 무찌르고 본거지를 제압했다는 점에서 더할 나위 없는 짜릿한 쾌감을 느꼈다.

"오랑캐 잡던 김걸 장군의 전설이 따로 있나? 김유진

이가 김걸이지. 수십 년 묵은 울화가 풀리는 기분이네그려.”

“사실 말이야 바른 말이지, 김유진이란 그 젊은이가 와서 많이 좋아지지 않았나. 그 청년 아니었음 누가 우리 스스로 홍호자들을 무찌르겠다고 생각이나 했겠냐고.”

“맞아, 전혀 관계없는 사람들을 위해 신경 많이 썼지. 조선의 관리들도 다 그랬으면 우리가 구태여 고향 버리고 두만강 건너서 아라사까지 와서 살겠나.”

유진에 대해 비판적이었던 사람들도 입을 모아 그를 칭송했다.

이제 적어도 당분간은, 마적들이 감히 국경을 넘어 고려인 마을을 습격하지 못할 터였다. 그들 역시 동료들의 말로를 똑똑히 보았을 테니까.

그러나 동시에 상부, 특히 군에서 유진의 ‘월권’에 대해서 강한 비난이 쏟아졌다.

그동안 유진의 행정 조치에 대해서 옹호하던 이주민 담당관 부세도 더 이상의 방어가 불가능할 정도였다.

“제 책임을 통감합니다. 하나 이번 조치로 국경 안정의 최대 방해자였던 마적들은, 적어도 당분간은 감히 국경을 넘을 생각조차 못할 것입니다. 이제 국경의 모든 주민들은 안전히 생업에 종사할 수 있을 것입니다. 저는 그것으로 만족합니다."

이러한 반응을 예상하고 있던 유진은 군정지사 펠트하우젠 제독 앞에서 담담하게 말을 했다. 군정지사는 이 '폭거'를 어떻게 대응해야 할지 고심하던 차에 너무나 담담하게 말을 하는 유진을 보고 어이가 없었다.

"자네, 내가 사심을 버리라고 하지 않았던가? 멋대로 군대를 일으켜 국경을 넘어서 마적들을 처형했는데, 이것이 사적(私的)인 복수가 아니면 무엇이란 말인가? 이게 러시아 제국의 관료가 할 일인가?"

"각하, 인간인 이상 완전히 사심이 없을 수는 없겠지만 저는 객관적이고 냉철하게 판단한 것입니다. 제가 할 일은 남부 우수리 지역에서 국경을 안정시키고, 주민들의 생활 조건을 향상시키는 것이었습니다. 이 두 가지에 절대적으로 방해가 되는 마적을 토벌하지 않고서는 불가능한 일입니다."

유진의 말이 아주 틀린 것도 아니어서, 지사는 어떤 처분을 내려야 할지 감이 잡히지 않았다.

분명 이 동양인의 말처럼 이번 일은 마적들에게 분명

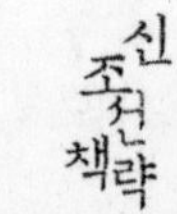

한 경고와 위협이 되었을 것이고, 중앙에서 원하는 대로 향후 이주민의 변경 정착과 안정에 큰 도움이 될 터였다. 하나 엄격한 관료 사회의 질서를 무너트리고 독자적인 행동을 벌이는 이 애송이를 통제하지 않으면 또 어떤 짓을 저지를지 모를 일이었다.

"자네에 대한 처분은 차후에 통보하겠네. 일단 근신하면서 대기하도록."

유진은 공손히 고개를 숙이고 군정지사의 면전에서 벗어났다.

'맘대로 해라. 옷을 벗기든지 말든지.'

유진은 노보키예프스크의 관저에 틀어박혀 자조했다.

어차피 예상치 못하게 굴러 들어온 행운이었다. 그 행운을 적절하게 살려 동포들을 위해 힘을 사용했고, 끝을 보지 못하는 건 아쉽지만 교육과 방위(防衛)라는 양대 목표에 첫 삽이라도 뜨게 됐으니 다행이었다.

이제 자신이 없더라도 그 유용함을 발견한 고려인들이 스스로 교육과 방위에 더 천착하게 될 것이었다. 언제나 그렇듯이 시작이 어렵지, 막상 시작하게 되면 그 일을 이어 나가는 것은 어렵지 않았다.

유진은 이미 사직(辭職)을 각오하고 있었다.

애초에 그 자리도 고려인 사회를 보호하고 변화시키기 위한 수단으로서 받아들인 거지, 러시아나 차르에게 무슨 대단한 충성심이 있어서도 아니었다. 그럴 일이야 없겠지만 만에 하나 러시아가 조선을 침공하는 날이 온다면 조선에 충성하겠다는 동포들과 마찬가지로, 유진도 조선의 편을 들었음 들었지 결코 러시아를 위해 고국을 배신할 생각이 없었다.

'아예 이참에 조선으로 돌아가서 남은 돈으로 학교나 세워 볼까……. 곧 서양 국가들과 수교를 한다고 하니, 더 이상 서양식 교육을 배척하지 않겠지.'

유진이 조선에서 온 비밀 사절을 만나게 된 것도 그런 생각을 품게 된 즈음의 일이었다.

조선은 그 무렵 서양 각국과의 수교 조약을 맺기로 확정 짓고, 이미 미국, 영국, 독일 등과 수교를 논의 중이었다.

이미 개화에 대해 확고하게 생각을 정한 임금은 가장 위협되는 서양 국가라고 생각되는 러시아에 대해 면밀히 조사하라고 사절들을 파견한 것이었다.

그들은 임금이 친히 밀명을 내리고 파견한 고위 무관

김광훈(金光薰)과 신선욱(申先郁), 그리고 역관 백춘배(白春培)였다.

사절들은 조선 출신 유민(流民)이 러시아의 관리가 되어 두만강에서 가장 가까운, 조선 사람들이 가장 많이 사는 지역의 책임자가 되었다는 사실에 놀랄 수밖에 없었다. 자연히 그들은 제일 먼저 유진을 찾아오게 되었다.

"어서 오십시오. 연해주에 오신 것을 환영합니다."

조선 사절의 통역 노릇을 했던 2년 전과는 달리 자신이 조선 사절을 맞이하는 러시아 관리가 되었다는 역설에 유진은 웃을 수밖에 없었다.

"아니, 당신은!"

사절 중 한 사람이 놀라는 표정으로 말했다. 유진 또한 역관 백춘배를 알아보았다. 그는 분명 재작년 유대치의 집에서 신세질 때 안면이 있던 사이였다.

"화제의 그 조선인이 바로 당신이었다니. 2년 가까이 연락이 없어 대치 선생께서 걱정을 많이 했는데, 이렇게 변해 있었구려. 허허, 한 치 앞도 알 수 없는 게 사람일이라더니 과연."

"송구합니다. 대치 선생님께서는 평안하신가요?"

"그분이야 늘 정력적으로 활동하시지요. 한양과 인천, 원산을 오가면서 개화에 대해 설파하고 계시오. 대치 선생께서 만약 그대를 만나면 주라고 편지도 동봉했소. 나중에 드리리다."

백춘배는 실무자이지만 일개 역관일 뿐이라, 유진을 상대하는 것은 두 명의 관리가 되었다.

"소문은 들었지만, 직접 만나게 되니 더욱 놀랍구려. 조선 사람이 아라사에서 관리, 그것도 상당히 높은 관리가 되다니."

"우리는 오위장을 지낸 무관 김광훈과 신선욱이오. 주상 전하의 명을 삼가 받들어 아라사에 왔소이다."

오위장(五衛將)은 정삼품의 고위 무관직으로, 임금과 가까운 위치에 있는 사람들이었다. 하급 관료였던 장박과는 급이 달랐다. 그만큼 임금이 러시아를 신경 쓴다는 이야기였다.

"우리가 이곳을 방문한 목적은 첫째, 아라사가 조선을 침략의 대상으로 보는가, 아니면 선린교섭의 대상으로 보는가를 알아보는 것이고, 둘째로 이 땅으로 이주한 우리 백성들이 다시 돌아올 수 있을까를 알아보기 위해서요. 아라사 내부 사정을 잘 아는 그대가 대답을 해주실

수 있겠소?"

"첫 번째 질문이라면, 현 시점에서 러시아는 조선을 노릴 여유가 없습니다. 그들은 최근에 얻은 영토를 관리하기도 벅차니까요. 구태여 조선을 건드려서 그들의 숙적인 영국을 자극할 이유가 없습니다. 장기적으로는 어떨지 장담 못하겠습니다마는……. 적어도 향후 20년 내로는 러시아가 조선을 침범할 일은 없다고 봅니다. 러시아가 원하는 것은 일단 조선과의 평화로운 수교 관계를 맺는 겁니다."

유진은 자신이 아는 바를 흔쾌히 털어놓았다.

"두 번째 질문이라면, 여기 오시면서 보셨겠지만, 조선 이주민들, 여기서는 고려인이라고 부르는 사람들의 삶의 여건이 조선에서 살던 시절보다 훨씬 좋아졌다는 걸 느끼셨을 겁니다. 그들은 조선으로 돌아가고 싶지는 않을 겁니다. 이미 모든 것을 잃고 떠났다가, 여기서 안정적인 삶을 꾸리게 된 사람들이 다시 조선으로 돌아가는 모험을 하고 싶지는 않겠지요. 물론 그들은 몸은 러시아 땅에 살아도 자신을 조선인으로 여기며, 조선에 충성을 다하고 싶어 합니다. 그들의 존재가 향후 조선과 러시아의 관계를 맺는 데 좋은 도움이 되겠지요."

조선 관리들에게는 불편할 수도 있는 이야기였지만, 그들은 생각보다 선선히 고개를 끄덕이며 동의를 표했다.

“그대를 만나기 전에 우리도 이곳에 사는 백성들의 의견을 들어 봤소. 그대가 말한 그대로요. 그들이 두만강 너머 우리 백성들보다 훨씬 풍족한 삶을 누리고 있다는 것, 그러면서도 그들이 조선과 전하를 잊지 않고 충성심을 그대로 지키는 것에 감명을 받았소. 원칙적으로 그들은 전하의 통치를 거부하고 타국으로 넘어간 죄인이지만, 성상께서도 그들의 처지를 깊이 이해하시고 계시오.”

“그렇다면 다행인 일입니다.”

“우리가 이곳에 온 목적 중의 하나는, 아라사 땅에 살면서 그 풍습과 사정에 익숙한 이를 통상아문(統理衙門)에 추천하기 위해서요. 그대보다 이 조건을 만족시키는 사람은 없소. 그대에 대한 백성들의 평판도 들었소이다. 아주 칭찬이 자자하더군. 어떻소? 조선으로 돌아가 전하와 나라를 위해 큰일을 해 보지 않겠소?”

신선욱이 마침내 유진을 찾아온 목적을 밝혔다. 조선이 외부와 교섭을 해야 하는데, 그동안 철저히 문호를 닫아온 조선으로선 외부 사정에 익숙한 이들이 드물었다.

하다못해 서양 언어를 할 줄 아는 사람도 전무(全無)했던 것이다. 유럽에서 교육을 받아 각국 언어에 능통하고 실무 능력까지 갖고 있는 유진은 조선에서 새로 필요한 인재 상이었다.

"말씀은 감사합니다만, 보시다시피 매인 몸이라. 저는 공식적으로 러시아 제국의 관리입니다."

"우리도 알고 있소. 하나 그대의 고국은 엄연히 조선, 아라사는 외국일 뿐이오. 조선을 위해 그대의 재능을 쓰는 것이 타당한 일 아니겠소?"

유진은 잠시 침묵을 지켰다.

연해주를 넘어 언젠가 조선으로 돌아가는 것은 그도 생각하던 바였다. 궁극적인 목표는 어디까지나 조선의 독립과 개혁이었다.

하나 지금 맡은 일들이 있기 때문에, 당장 이곳을 버리고 떠날 수는 없는 노릇이었다.

"이곳에서 그대의 품계가 어느 정도 되오?"

유진의 침묵을 조건을 따져 보는 것으로 생각한 김광훈이 물었다.

"8등 문관입니다."

"그게 어느 정도 품계요?"

"글쎄요……. 양국의 체계가 다르다 보니. 그래도 따져 보면 종사품 정도 되지 않을까요."

하나하나 대응할 수는 없지만, 대충 정일품을 1등관으로 따져서 8등관을 종사품 정도로 계산한 것이었다.

"그렇다면 조선에 온다면 즉시 종사품 통리아문 주사, 아니, 종삼품 참의까지 바라볼 수 있을 거요. 문과에 급제하지 않은 이에게 이는 대단한 특혜지만, 그대 정도의 재능이 있는 이라면 전하께서도 귀히 쓸 것이오."

유진은 그 말에 냉소가 나왔지만 참았다. 유진이 부귀와 출세를 쫓을 사람이었으면 상트페테르부르크에서 차르의 총애를 받는 길을 택했을 것이지, 구태여 이 궁벽한 극동까지 올 이유가 없었다. 그를 움직일 수 있는 것은 오직 이상(理想)과 의무감뿐이었다. 그까짓 종삼품 벼슬이 뭐 그렇게 대수란 말인가?

"일개 범월죄인에 불과한 저를 이렇게 높이 평가해 주시니, 몸 둘 바를 모르겠습니다. 영감(令監)의 말씀은 감사합니다만, 저는 벼슬이 문제가 아니라 이곳에서 아직 해야 할 일이 남아 있습니다. 제가 벌인 일이 많은데,

갑자기 이곳을 떠나게 되면 동포들이 매우 곤혹스러울 겁니다."

거절은 했지만 유진의 말 속에 숨어 있는 뜻을 발견한 백춘배가 끼어들었다.

"백성에 대한 의무감을 가진 그대의 태도에 크게 감복할 일입니다. 하나 이곳의 동포는 수만에 불과하나, 조선 백성은 천만이 넘소이다. 그대의 재능을 좀 더 큰 곳에 써야 하지 않겠소? 조선에 그대와 같은 사람은 꼭 필요하오."

두 무관도 맥을 잘못 짚었다는 것에 동의를 하고 고개를 끄덕였다.

"다시 한 번 생각해 보시오, 김 공. 조선과 전하에게 그대는 꼭 필요한 인재요."

"음……. 그렇게까지 말씀해 주시니 생각을 더 해 볼 수밖에 없군요. 제게 조금 시간을 주시겠습니까? 이곳의 일이 마무리 되는대로, 다시 한 번 생각해 보겠습니다."

"고맙소. 긍정적인 답변을 기대하오."

"연해주 일대를 더 살펴보고 싶다고 하셨지요? 제가 직접 나설 수 없는 상황이라 믿을 만한 안내인을 따르도록 하겠습니다. 총명하고 러시아어에 능통하니 데리고 다닐 만할 겁니다. 김학우 군, 이분들을 잘 모시도록 하게."

"네, 알겠습니다."

"아무쪼록 다시 한 번 잘 생각해 주길 바라오."

"그리하겠습니다."

사절단과 유진이 작별인사를 나누자, 떠나기에 앞서 백춘배가 종이를 내밀었다.

"대치 선생께서 그대에게 보내는 서한입니다. 다음에 다시 올 때 답장을 부탁하오."

"전달해 주셔서 고맙습니다. 아무쪼록 즐거운 유람되시길."

내 제자 유진 보거라! 네가 연해주로 떠나고 벌써 해가 두 번이나 바뀌었구나. 올 때도 바람 같더니, 갈 때도 바람 같구나. 어찌하여 소식조차 없는 것이냐? 걱정이 많다. 나에겐, 그리고 조선의 개화에는 너와 같은 인재가 꼭 필요하다. 부디 무탈하기를 바라고, 다시 조선에서 해후하게 될 날을 기다린다.

大致

유진은 잠깐 신세를 졌을 뿐인데 자신을 잊지 않고 오매불망 소식을 기다리는 유대치에게 감명을 받았다.

그리고 자신이 너무 무심했단 생각이 들었다.

짧은 인연이지만, 유대치는 유진을 깊이 신뢰하고 아꼈던 것이다. 유진은 문득 한양이 그리워졌다.

유대치도, 총명한 오서창도, 주색잡기에 능한 청년관료 김옥균도, 새 세상을 만나고 싶어 하던 어린 기생 계월향도…….

*　　　*　　　*

근신 상태로 대기 중이던 유진에게 징계 결과가 나왔다.

정직(停職) 3개월과 해당 기간 감봉이었다. 생각보다 너무 관대한 처분에 유진이 오히려 어리둥절할 지경이었다.

이왕 이렇게 된 거, 유진은 모처럼 휴식을 가질 생각이었다.

돌이켜 보면 숨 가쁘게 달려온 지난 2년이었다. 잠시

휴식을 취하면서 육체와 정신에 원기를 되찾게 하는 것도 좋을 터였다.

연해주 일주를 마치고 다시 돌아온 사절단 일행에게 유진은 연해주에서 정리할 시간을 달라 부탁하고, 김학우를 귀국하는 그들 편에 딸려 보냈다.

단순히 러시아 사정에 밝은 이를 찾는 거라면 그라면 충분하고도 남을 터였다. 연해주에 뼈를 묻을 생각을 하는 최재형과 달리, 김학우는 고국인 조선에 출사(出仕)하고 싶은 생각이 있는지라 유진의 제안에 흔쾌히 응했다. 그것이 노비 출신으로 러시아에서 성공한 최재형과 몰락했더라도 양반의 자제인 김학우의 차이일 터였다.

"그동안 형님의 배려로 좋은 경험 많이 쌓고, 조선으로 돌아갑니다. 아무쪼록 건강하십시오."

"별말씀을. 그런데 저 그림들은 다 무언가?"

봇짐에 한 무더기로 쌓여 있는 그림들을 보고 유진이 의아해서 물었다.

"음, 이것은……. 원래 비밀입니다만, 제가 어찌 형님께 감추겠습니까. 이분들은 사실 연해주 일대의 지리와 정보를 담은 지도를 작성하고 있습니다. 아국여지도(俄國輿地圖)라 하여, 전하께 바칠 물건입니다."

말하자면 그들은 첩보 활동을 한 것이고, 그들에게 편의를 제공한 유진은 영락없이 조선과 내통한 처지가 된 것이었다. 누군가 이 사실을 알고 고발한다면 유진은 옷이 벗겨지는 게 문제가 아니라 목이 위태로울 수도 있었다.

"그렇군. 아무쪼록 조선에서 자네의 재능이 꽃피길 바라겠네."

"네, 조선에서 다시 뵙게 되기를 기원하겠습니다."

유진은 대수롭지 않게 넘겼다. 어차피 충성의 대상을 어디로 삼을지에 대해선 마음을 굳힌 터였다.

"대치 선생님께 드리는 답장입니다."

"전해 드리리다. 다음엔 편지가 아니라 그대가 직접 오기를 바라겠소."

유진은 고개를 끄덕이고, 그들을 배웅했다.

갑작스레 조선에서 자신에게 거는 기대가 커서 부담스럽기도 했지만 언젠가는 돌아가야 할 나라에서 자신을 필요로 한다면 좋은 일이었다.

얼마 뒤인 5월 말, 미국과 조선이 수교를 했다는 소식이 연해주에도 전해졌다. 얼마 안 있어 영국, 독일도 조선에 수교를 위한 사절이 도착했다는 소식도 들렸다.

국경 너머 지척에 있는 조선의 소식이라 고려인 뿐만 아니라 러시아 관료들도 관심을 갖고 동향을 지켜보았다.

곧 조선과 러시아 사이에서도 수교가 멀지 않았다는 소문이 파다하게 퍼졌다. 물론 그 소식을 가장 흥미롭게 지켜보고 있는 이는 유진이었다. 지금은 정직 상태라 아무 이야기도 없지만, 분명 러시아도 무언가 조치를 취하고 있을 터였다.

'마침내 조선도 개국인가. 거친 파도와도 같은 이 국제 정세 하에서, 갓 바다에 배를 띄운 돛단배와도 같은 조선이 얼마나 풍랑을 잘 헤치고 나아갈 수 있을련지…….'

영국 및 독일과도 조약이 체결되었다는 소식이 전해지고, 왜 러시아는 손 놓고 구경만 하고 있냐는 사람들의 불만까지 터져 나오던 6월 말, 특별한 손님이 블라디보스토크에 머무르던 유진을 찾아왔다.

그는 페테르부르크에서부터 안면이 있던 동아시아통, 천진 주재 영사 베베르였다.

"오랜만에 뵙습니다, 카를 이바노비치."

"1년 만에 만나는구려. 오는 길에 지난 1년 동안 그대가 이곳에서 한 일들에 대해서 들었소."

"사고만 쳐서 보다시피 이 꼴이지요."

유진이 자조적으로 웃자, 베베르가 진지한 태도로 받았다.

"사실 진작부터 알고 있었소. 군정지사께서, 당신에 대한 처분을 어찌하면 좋겠냐고 페테르부르크에 직접 문의를 한 모양이오. 사실 인사권을 가진 지사께서 굳이 훈령을 기다릴 필요는 없지만 폐하의 목숨을 구한 그대의 공이 워낙 특별하다 보니……. 뭐 아무튼, 외무부 아시아국에선 유리 김이 더 이상 연해주에 있는 것은 그대에게나, 이곳에나 불필요한 일이라고 판단했소. 조선과의 수교가 임박했다는 소식이 페테르부르크에게도 전해졌거든. 짐작을 했겠지만, 내가 이번에 블라디보스토크에 온 것은 외무부로부터 조선 수교의 전권을 부여받았기 때문이오. 나는 이곳에서 제반 사항을 살펴본 뒤, 조선으로 입국하여 수교에 대해 협의할 예정이오."

"그렇습니까? 마침내 그렇게 되는군요."

유진은 고개를 끄덕였다. 그 일이 아니고서야 굳이 천진 주재 영사가 블라디보스토크에 오진 않았을 터였다.

"그대가 정직 처분을 받은 것도 이 일과 관련이 있소. 아시아국은 그대의 재능을 잊지 않고 있소. 아시아국에서 유일하게 조선어가 유창하고, 또 그 나라 사정에 대해 잘 알고 있는 건 유리 김뿐이거든. 그대가 수교에 앞서 미리 조선에 입국하시오. 이제 그대는 아시아국 소속 '1급 외교문서 송달사'로 직책이 바뀌었소. 참고로 이건 극비인데, 청국 북양대신 이홍장이 유럽인 고문관을 조선에 파견하려 한다는군. 조선에서 외교와 재정을 맡게 될 중책이오."

"호오, 조선에서 유럽인이 그런 중책을 맡는다고요? 믿겨지지 않는군요."

유진은 놀랍지 않을 수가 없었다.

서양과 수교를 맺은 지 얼마나 됐다고 유럽인 고문관이 조선에 들어간다니. 아마 지금까지 가톨릭 신부 말고는 조선에 입국한 유럽인이 없었을 터였다.

"그만큼 조선에 서양 사정에 능한 인물이 없단 이야기지. 더불어 그걸 명분 삼아 이홍장이 내정간섭을 하려고 대리인을 파견하는 것일 테고. 유럽인 고문이 누가 될지는 모르겠지만, 영향력 있는 위치를 차지하게 될 거요. 근데 그에게도 치명적인 단점이 있으니, 내가 알기로 북경에서 조선어 할 줄 아는 유럽인은 없소. 아, 그대에게 좀 배운 나를 빼곤 말이지. 각설하고, 유일하게 조선어와 서양언어를 할 줄 아는 그대가 조선에는 꼭 필요한 인재겠지. 가능하면, 그 유럽 고문관과 함께 조선의 핵심 실권에 접근하도록 하시오. 그리고 러시아에 우호적인 분위기를 조성하길 바라오. 조선에 대한 우리 제국의 전략은 천천히, 눈에 띄지 않고 조심스럽게 영향력을 증대하는 것이오. 이 일에 그대만 한 적임자가 없다고, 내가 아시아국에 단단히 추천을 해 놨소. 부디 내 기대, 아니지, 폐하의 기대에 부응하길 바라오."

베베르의 장황한 설명은, 요컨대 러시아를 위해 유진이 조선의 실세가 되어 친러시아적인 정책을 집행하거나, 적어도 실세를 도와 그런 여건을 만들라는 것이었다.

유진은 조선과 러시아의 국익이 일치하는 방향에서는 충분히 그럴 생각이 있었지만, 반대의 경우는 결코 러시아를 위해 조선을 팔아먹을 생각이 없었다.

유진의 머릿속에서 조선은 아무리 그 나라를 떠났다지만 그래도 고국이고, 러시아는 남의 나라라는 생각이 점

점 더 강해지고 있었던 참이었다.

"말씀 잘 알겠습니다. 그럼 언제 떠나면 될까요?"

유진은 베베르의 제안을 거절할 생각이 없었다.

어차피 조선으로 돌아갈 생각이었는데, 그 제안을 따르면 합법적으로 조선에 입국할 수 있을 터였다.

"가능한 한 빨리면 좋소. 꼭 정기선을 기다릴 필요 없이, 의용함대의 선박을 제공하겠소."

"알겠습니다. 이곳에서 인수인계할 일만 마무리하고, 입국을 준비하지요."

"고맙소. 그대의 일이 수월하도록 지사 각하께 말씀드리겠소."

"배려에 감사합니다."

갑작스럽게 조선 행을 결정지은 유진은 연해주에서의 남은 일을 처리하기 위해 분주하게 일정을 보냈다.

그가 빠지게 될 경우 전권위원 자리는 공중분해 되거나 러시아인이 맡게 될 터였지만, 실무를 자신이 믿을 만한 이에게 미리 맡길 생각이었다. 그가 후계자로 고려한 이는 당연히 최재형이었다. 그는 단순히 성공한 노비의 자식이 아니라, 총명하고 성실하고 믿음직한 젊은이였다. 나이는 아직 어리지만 그라면 충분히 믿고 맡길 수 있었다.

"……그러한 사정으로, 내가 연해주를 떠나 조선으로 가게 됐네. 재형, 자네가 나를 대신해서 연해주 동포들을 위해 힘써 주게."

"네? 제가요? 제가 어찌……."

"어차피 내가 떠나더라도 고려인 관리 한 사람은 필요하네. 자네만 한 적임자가 없으니 사양 말게. 이미 자네를 내 후임자로 추천했네. 물론 내가 맡은 일 전부를 떠맡게 되는 건 아니고, 권한도 훨씬 부족하겠지만……. 미관말직이긴 하지만 14등 문관으로 채용될 거야. 몇 가지 실무를 맡게 될 거네."

"그, 뭐라고 해야 할까, 형님과 비교하면 전 초등학교밖에 못 나왔고, 일개 통역에 불과합니다만."

"그런 식으로 자기 비하를 할 것 없어. 자네의 자질과 품성은 내가 잘 아니까. 자네는 나이는 어려도 세상 경험을 충분히 한, 이 고려인 사회에서는 없어서는 안 될 인재야. 러시아와 고려인 사이에서, 동포들의 이익을 위해 최선을 다 해 주게."

"저를 이리 높이 평가해 주시니 그저 감사할 따름입니

다. 사람은 자신을 알아봐 준 이를 위해 죽는다고 하는데, 형님은 노비의 자식이었던 저를 이리 높이 봐 주시니, 이 은혜에 어떻게 보답해야 할지 모르겠습니다."

최재형의 거듭된 사양에 유진은 정색했다.

"무슨 소리를 하는 거야. 세상이 바뀌고 있는데 출신이 무슨 대순가. 그리고 자네는 내가 발탁하기 전에 이미 성공한 사람이었어. 겸양이 지나치면 오히려 그건 오만이 되네. 사양할 만큼 사양했으니 이제 받아들여. 황제 자리도 세 번 사양하고 받아들이는데, 세 번 씩이나 사양 했으면 족하네."

"알겠습니다. 부족하나마 이 한 몸, 동포들을 위해 최선을 다 하겠습니다."

"그래, 자네 직속상관이 될 부세 박사님께 말씀 잘해놨으니까, 그분을 잘 따르게. 자네가 있어서 마음 든든하게 떠나네. 부디 훌륭한 관리가 되어 이 추운 곳에 사는 동포들의 따뜻한 난로가 되어 주길 바라네."

"네, 반드시 그러겠습니다. 형님의 가르침 잊지 않겠습니다."

뒷일을 최재형에게 맡긴 유진은 자신의 남은 재산 중 1만 루블을 동포 사회를 위해 쓰라고 기증했다. 이 돈은 향후 학교 건립과 교사들의 고용, 학생들의 장학금 지급으로 쓰일 것이고 동시에 부대 존속을 허락 받은 고려대대의 군자금으로 쓰이게 될 터였다.

최재형의 사람됨을 믿은 유진은 그에게 은행 보관과 자금 사용을 대리할 권한을 주었다.

"마지막까지 일은 확실하게 하고 가는구려. 놀랍게 와서 놀랍게 가는군."

부세가 너털웃음을 지으며 그를 환송했다.

2년 전에 만났을 때만 해도 생각지도 못한 인연이었다.

"신세 많이 졌습니다, 박사님. 앞으로는 저를 대신해서 표트르 세묘노비치—최재형—를 잘 부탁드립니다."

"아, 그 일이라면 염려 놓으시오. 표트르 세묘노비치가 아주 성실하더군. 충분히 그대의 후계자가 될 자격이 있소."

"감사합니다. 그리고 이거……."

유진은 편지 뭉치를 부세에게 전달했다.

"미하일로프스카야 양에게 보내는 편지입니다. 저를 대신해서 보내 주십시오. 아무래도 조선으로 들어가면 당분간 연락하기 힘들 것 같아서요."

"아아, 그래요. 지구 반대편에 살면서도 연락하고 지낸다는 게 신기하군. 그래, 만약에 그녀에게 답장이 오면 어떻게 전해 주면 되겠소?"

"앞으로 블라디보스토크와 조선을 잇는 정기우편선이 생길 터이니 그쪽으로 부탁드리겠습니다. 뭐, 아직까진 답장이 없지만요. 언젠가 답장이 오게 된다면 말입니다."

유진은 씁쓸하게 웃었다. 무슨 사정으로 답장이 없는지는 모르지만, 아직까지는 예카테리나가 '내키지' 않는 모양이었다.

그래도 그녀가 꼭 편지 쓰라고 했으니, 유진은 계절에 한 편씩은 편지를 쓰고 있었다. 여름에 보낸 편지는 지구 반대편을 지나 초가을에 도착할 터였다.

"그렇구려…… 뭐 알겠소. 꼭 그렇게 하리다."

"자, 그럼. 카를 이바노비치, 조선에서 다시 뵙겠습니다."

"그래요. 조선에서 다시 만납시다. 그대의 길에 행운이 있기를 바라겠소."

"감사합니다. 그럼 다들 이만……."

쓰고 있던 중절모를 벗고 정중하게 인사를 한 유진은

배에 올라탔다.

원산이 아니라 제물포로 직행하는 이 배는 의용함대 소속으로, 유진은 1급 외교문서 송달사인 외교관인 동시에 의용함대에 거액을 투자한 주주이기도 했기에 거의 칙사 대접을 받았다.

“유리 알렉산드로비치, 곧 출항합니다만, 갑판에 계속 계시겠습니까?”

“네, 바닷바람도 좋고, 그리고 블라디보스토크 풍경을 좀 더 보고 싶군요.”

“알겠습니다. 그럼 시간 편하실 때 선장실로 오십시오. 식사라도 같이 하시지요.”

“네, 감사합니다.”

독일계 러시아인 선장의 매우 정중한 태도에 유진도 화답하고 계속 육지를 바라보았다.

2년 전에도 조선으로 떠나려고 이 항구를 떠났었다. 그런데 그때는 문호를 개방하지 않던 시절의 조선이라 원산으로 몰래 밀항할 수밖에 없었던 터였다. 그런데 14년 만에 돌아간 조국에 일본인으로 오해 받아 봉변을 당할 뻔하지 않았던가. 그때와 비교하면, 비공식적이긴 해도 외교관 자격으로 들어가는 지금은 천지 차이였다.

서서히 움직이는 배와 함께 조용히 바깥 풍경을 보던 유진은 뭔가 이변을 느꼈다. 무언가 외치는 소리들이 배를 향해 들려왔던 것이다. 흐릿한 소리지만 조선말 같아서 유진은 선장에게서 받은 쌍안경으로 항구 너머를 둘러보다가, 자신도 모르게 헛웃음을 흘렸다.

金公歸國無事祈願(김공귀국무사기원).

貴公恩惠白骨難忘結草報恩(귀공은혜백골난망결초보은).

한 자락에 높이 세워 둔 흰색 대형 천에는 한자로 그렇게 적혀 있었다. 그 심히 어색한 문장에 유진은 헛웃음을 흘리다가, 동포들이, 그들이 아는 한자를 동원해서 송별사를 쓴 성의와 진심이 고마웠다.

쌍안경으로 사람 면면을 보니 다들 낯익은 사람들이었다.

최재형을 비롯해서, 고려대대 하사관과 병사, 그의 밑에서 함께 일하던 사람들, 그리고 이름은 일일이 기억 안 나지만 모두 연해주에서 만났던 사람들이었다.

“내 참, 1년 있다고 이런 대접이니 2년 있었으면 송

덕비라도 세웠을 기세네. 민망하게.”

옛날에 선정을 베푼 제주 목사가 있었는데, 그가 떠나는 날 제주 백성들이 배를 바라보며 송별사를 읊었다는 옛 이야기가 떠올랐다.

자신과 그들의 관계가 다스림을 하는 ‘목민관(牧民官)’과 다스림을 받는 백성의 관계는 아니었지만, 그들의 전통적 관점에서는 유진은 선정을 베푼 목민관이자 훌륭한 관리였다.

유진은 모자를 벗고 정중하게 고개를 숙여 그들의 성의에 화답했다. 아마도 그들의 눈에는 보이지 않을 터였지만, 유진이 그들에게 보내는 솔직한 감사의 표현이었다.

‘조선 백성들은 관리의 학정과 탐욕으로 짓눌려져 있을 뿐, 그 자질과 잠재성은 그 어느 민족만큼이나 뛰어나리라 믿는다. 이국에서 새로운 삶을 개척한 저 사람들처럼. 조선도 이제 개혁의 새로운 시대를 향해 걸어 나갈 것이다. 내가 그 길을 향해 인도할 수 있다면 얼마나 좋을까. 아니, 앞으로 그렇게 되게 만들어야지.’

그가 보기에 연해주의 고려인들은 분명히 바뀌어 나가고 있었다. 분명히 연해주에서 변화의 씨앗을 틔운 것은 자신이다. 하나 자신은 방향성을 제시한 것뿐이지, 그것을 따르는 것은 사람들의 몫이었다.

조선으로 떠나는 유진의 가슴에는 미래를 향한 새로운 희망이 부풀어 올랐다.

〈『신조선책략』 제3권에서 계속〉

부록

러시아령 연해주의 조선인 -흔히 '고려인'이라고 부르는- 이주는 1863년 경 13가구의 이주로부터 시작되었다.

러시아 행정 당국은 인구가 극도로 희박한 황무지에 조선인 농민들이 이주하는 것을 우호적으로 받아들였다. 이주민들에게 토지가 분배되었고, 세금도 면제되었다. 그러나 1869-70년 함경도의 기근과 함께 조선인 이주민들이 1만 명 가까이 대량 이주하자, 러시아는 이를 받아들이면서도 당혹스러워했다. 이 지역 조선인 인구가 러시아인들보다 더 많아졌던 것이다. 이후 러시아는 조선인의 추가 이주를 막으려 했으나, 이주자들이 연해주에서 훨씬 윤택한 삶을 누린다는 소문이 돌자 두만강 너머 조선인의 이주는 끊이지 않고 이어졌다. 러시아는 이 문제를 조선과 논의하고 싶어 했으나, 조선은 자국민의 월경에 극도로 부정적이었고 두 나라 간의 수교가 없는 상황에서 논의의 진전은 없었다.

1879년 이후 조선 조정에서는 북방에 대한 관심을 되찾아, 연해주 거주 지역의 조선인에 대한 조사에 들어갔다. 특히 고종의 명을 받은 김광훈과 신선욱은 몇 년에 걸쳐 연해주를 탐사하며, 자세한 지도와 자료를 만들어 1885년 임금에게 보고했다.

비슷한 시기 러시아 행정당국의 인구 조사보다 2배 가까이 많은데, 조선 관리들의 조사는 러시아의 행정력에 미치지 않는 모든 이들을 포함한 것 같다.

고려인들은 자신들의 거주 지역을 조선식으로 명명해서 불렀다. 물론 러시아는 그들의 이름을 붙였는데, 예컨대 러시아인은 해삼위(海蔘威)는 블라디보스토크, 녹둔도(鹿屯島)는 크라스노예 셀로, 연추(延秋)는 얀치예라고 불렀다.

러시아령으로 이주한 이들 중 대부분 조선인의 풍습을 잃지 않았고, 일부는 조선으로 돌아가 벼슬을 받았다. 러시아어에 능통하고 서양 문물에 밝아 실무직에 투입되었다. (실제 역사에서는) 장박의 추천을 받아 조선의 전신(電信) 업무를 담당한 김학우가 대표적이다. 그는 갑오개혁 당시 법부협판까지 오른다.

일부는 완전히 새로운 삶을 개척했다. 대표적으로 노비의 자식이었으나 러시아에서 가장 먼저 성공한 고려인 1세대 최재형이 있다. (실제 역사에서) 그는 러시아 학교를 졸업하고 선원으로 근무한 후 러시아 관헌의 통역이 되었고, 이후 능력을 인정받아 도헌의 자리에까지 오르게 된다. 그는 군수사업으로 큰돈을 벌어 고려인 이주사회의 후원자로서 버팀목이 되었고, 대한민국 임시정부 초대 재무총장으로 추천될 정도로 연해주 지역 독립운동의 지도자였다.

1882~85년경 연해주 고려인 이주자 현황

지명	가호家戶	인구人口
鹿屯島	76	478
羅鮮洞	153	1,420
設加山	22	145
大河田	52	357
小河田	24	172
珠河	63	438
所道所	97	639
延秋	237	1,623
運湖	78	493
老虎洞	43	263
芝塘	52	343
瑞桂洞	23	162
平山洞	23	118
漢天口	83	572
方實羅	12	63
芽芝味	113	762
柴芝味	23	216
沈雨河	47	313
馬有河	57	362
伊府河	42	282
都坤河	7	52
河口	229	1,569
大城	274	2,827
大堤安峴	237	2673
蘇城	38	263
清界	37	235
沙末里	147	986
芝新墟	238	1,665
海蔘威	113	822
총계	2,640	20,313

출처 : 김광훈(金光薰) · 신선욱(申先郁), 아국여지도(俄國與地圖

http://www.bbulmedia.com

http://www.bbulmedia.com